忘れたふり

どくだみちゃんとふしばな2

吉本ばなな

幻冬舎文庫

忘れたふり

どくだみちゃんとふしばな 2

目次

よしなしごと

出会うこと気づくこと

秘訣いろいろ

心に決める
尊敬ということ
変化こそが生きているということの醍醐味
目の前にあるものだけが存在する

255 246 238 231

本文写真：著者
本文中の著者が写っている写真：井野愛実　田畑浩良

よしなしごと

オタクばんざい&生きていくのに必要な何か

◎今日のひとこと

東京で言うとコミケのような祭りの巨大な会場いっぱいに、日本のアニメが好きな若者がたっぷり集っていて、日本のまんがをリスペクトしたり青春を支えられていたり、これは想像するだけだと「そんな趣味がスペインにもあるんですね」っていうだけなんだけれど、何万人もの人が何時間も並んでいる様とその熱気を見たら、やっぱりものすごく嬉しかったのです。

うまるちゃんのコスプレの子に「一緒に写真撮って」と言ったら、ちょっと待って、と

スペインの新聞にこのかっこうで載ってた……

カバンからコーラとポテ「イ」トチップスを出してきたり、あんなにマニアックなまんがを描く伊藤潤二先生のブースにサインを待つ人たちがワクワクして並んでいたり、何百匹ものピカチュウや、何百人のルフィがいることが、なんだかすごく誇らしく嬉しかった。

まんが家さんは（私が知っているのは姉とさくらももこちゃんと羽海野チカさんと内田春菊さんの日常くらいだけれど、それだけで他のみなさんもたいへんであろうことは充分想像がつく）、あんなにたいへんな作業をしながらすばらしいストーリーも考えて、自分の時間をたくさんたくさん削って、体を壊すほどたいへんな毎日を送りながらそのものすごい才能を見せてくれるのに、読む方はすごく短い時間で読んでしまう。

なんと効率の悪い仕事だろうと思います。

でもその絵は人の心に永く残り、心の中に永遠の友だちを作ってくれる。

まんが家さんには決してかなわないなあ、といつでも思います。

だから彼らが海外で評価されていると、ほんとうに嬉しくて、誇らしくて、日本のまんがは世界一だ、と胸を張りたくなります。自分が描いてるわけでもないのに！

うまるちゃん！

伊藤先生大好き！

◎どくだみちゃん

暮らしについて

ヨーロッパの夜は暗い。

ひたすらに真っ暗で、よくこの中を基本みんな安全に歩いているなあと思う。

石畳はとても冷たく、でこぼこしている。

すぐ足の裏が痛くなるし、疲れやすい。

それなのにいつまでも歩いて、さまよって、街角の入り組んだ路地に溶けてしまいたいと毎回思う。

真っ暗な中にオレンジ色の光がぼんやりといくつも浮いている夜景を見ると、懐かしい感じがする。

暗い街角に明るくにぎわう居酒屋を見ると、その中の温かい活気が嬉しくなる。

休日には多くの人がただ街にぶらぶらするために出てくる。

買い物をしなくてもみんな嬉しそうで、ああ、休日って楽しかったんだと思い出す。

疲れを癒すためだけにあるのでもなく、やたらアクティブに動いてハイになるためでもなく、お金を使ってうさを晴らすのでもない。

どんよりと明日のつらさに包まれながら休みだしと出てくるのではなく、今！　このとき！　が休日で嬉しいな、という顔をした人たちがいっぱいいる。

毎日労働していて、暮らしは楽にならなくて。

そんな毎日の中では「安くて新鮮でおいしいもの」がなくては生きていけない。

スペインのタパスみたいなもの。

安いけれど油ものに合うワインとかビールとか。

ロシア風サラダと呼ばれるポテトサラダ（ツナが入っていてマヨネーズで和《あ》えてある、いもは半透明な感じに茹でてあり、玉ねぎとにんじんは入っているけれど、きゅうりは入っていない）、生ハムの塊の断面側、高級でないほう（でも充分おいしい）、ピメントとうしとうをさっと揚げて塩をふっただけのもの、パンコントマテ（切って焼いたバゲットににんにくとトマトをこすりつけて新鮮なオリーブオイルを回しかけて、塩をふっただけのもの。永遠に食べていられる味）、そんなもの。

かつては日本にもそういうものがあった。

肉どうふ、もろきゅう、具が少ない茶碗蒸し、厚揚げを焼いたもの、おひたし、ニラ玉。

安くて新鮮な食材で、簡単にできて、その人の育った家それぞれの味で、お店の人の顔が見える。

この間山形で行ったスナックのおばあちゃんママが、チーズを切ったものにアジシオを山盛りかけて出してくれたが、それだって人の手が入っているだけで、なんだか少し嬉しかった。


世界中のいろいろな国に行ったから断言できる。紛争中とか軍事政権の支配下にあるとか、極端な状況でない限りは、

「一日朝から夕方までしか働かなくていい」

「その中で自分のできることをまじめにして」「バカンスは年に二週間以上は取る権利があって」「遅刻した日は少し残る、残業したら翌朝は遅く出ていい、くらいの融通があって」

多少苦しくてもなんとか家を借りたり持ったりできて生活していけて、伴侶が持てて、子どもも持てる。

それが当然の暮らしだ。

それが人間の暮らしだ。

それができない国はおかしい。働いても働いても追いつかないような暮らしを一生するだけのために、人間は生まれてきたのではない。

何かあってダメージを受けてしばらくは休んだり怠けていても、元気であればまた人のために働きたくなるのが人間というものだから、その気持ちになれるような暮らしをしたほうがいい。

それができない国にいるなら、自分だけでも変えていかなくてはいけない。

なんとかかつかつで暮らしていて、明日が見えないような生活の中で唯一の希望とか楽しみというのは、愛する人たちと笑い合いながら、安くて心がこもったおいしいものを食べることだ。

それが労働者の喜びだと思う。

明日のことは誰にもわからない、でも今日はこの人たちといい時間を過ごせて、お金もかけずにおいしいものを食べて、いいお酒を飲んで、ボロいけれど大好きな家で眠る。

もし自分に何かあったら、きっとこの人たちが、ほんの少しかもしれないけれど自分や自分の子どもをできる限りは助けてくれるだろう、そういうことだ。

それができない状況にじょじょになっていっていることを、どんなに憂いても憂いきれないほどだ。

家賃が上がって、個人のお店は立ちゆかなくなる。地主かスポンサーがいないと飲食店さえなかなかできない。

安かろうまずかろう古かろうのダメな食べ物、高くてまずい流行り廃りの世界だけにあるレストラン、楽しくないからプライドだけでうんざりしながら働く人たちの心のない接客（きっとロボットの方が有能で優しいだろう）、動物と暮らせない賃貸の部屋。

売る方は儲かる車と家を、どんどんローンを組ませて買わせちゃう。

一人ぼっちの人はどんどん一人ぼっちになる。

力を奪って、その先に何があるというのか、わからない。

何も感じなくなって、心が死んでいけばいいというのか。

豊かさのない人生に喜びはない。

自分は生き残ろうと思ってほしい。自分から始めてほしい。一人の人が言い知れないほど豊かな生き方で時を過ごしているのを見たら、周りの人は影響される。

その人に頼ってぶら下がらず、自分も発揮しようと思うようになる。


安い油で揚げた古い肉の揚げ物をどんなに詰め込んでも、お腹はいっぱいにならない。

大好きな人がその手でアジシオをかけたチーズの方が、まだ心に栄養をくれる。

友だちを家に呼んで、肉なしの野菜鍋（野菜の方が高い昨今、白菜と大根でかさを増して）をゴマだれとかポン酢を自分で作って一緒に食べて、残り汁で作った雑炊に卵を落として食べて、安いビールを数本飲む方が、満腹になる。

不思議だ、人は不思議だ。

人とはそんな風にできている、とても、愛すべきものなのだ。

ピメント

◎ふしばな

「ふしばな」は不思議ハンターばな子の略です。

毎日の中で不思議に思うことや心動くことを、捕まえては観察し、自分なりに考えていきます。

私が書いたら差しさわりがあることだって、私の分身が考えたことであれば問題はないはず。

村上龍先生にヤザキがいるように、私には「ばな子」がいる。

森博嗣先生に水柿助教授がいるように、私には「有限会社吉本ばなな事務所取締役ばな子」がいる。

村上春樹先生にふかえりがいるように、私には「ばなえり」がいる（これは嘘です）！

ガウディと夜

ポケットモンスタースペシャル

藤子不二雄のように、ポケモンスペシャルのまんがは作画と原作の人がいるということを現地で知った。ポケモンはうちの子どももあまりやってなかったし、詳しく知らなかった。

そして二人ともびっくりするくらいいい人たちだった。

私はオタクだったし、オタクの部活をしていたので、周り中オタクだらけだったのだが、あまりにも当時の同級生たちに彼らのしゃべりかたが似ていたので、胸がキュンとした。

彼らは、真剣に前の日のトークショーについて語らっていた。

「ピカチュウが生まれた瞬間について質問コーナーで小さい子に聞かれたけれど、ポケモンの成り立ちそのものを詳しく説明してもわからないだろうし、僕たちが産んだわけじゃないと言い切っても何かが違うし、もう少し、いい答え方はなかったか、昨日からずっと考えてるんだよね」

こういうタイプの誠実さとかまじめさにずいぶん触れていなかったなと思う。

大人の頭で普通に考えたら「ポケモンのゲームに便乗してまんがも販売しようとしている、単なるプロジェクト」の人たちなはずだったのに、そんなことはなかった。彼らはほんとうに真摯にまんがを描いていた。子どもたちの心を打つには、まがいものではやっぱりだめなんだろう。

伊藤潤二先生はあんなに怖い絵を描くのに、とてもかっこよく優しくて、これからサイン会だというのに私の姉の分までサインをしてくださった。

伊藤潤二先生のパネルの前で写真を撮っていたら、彼のファンの人が「写真を撮っている人がいるからあけてあげて」と列を動かしてくれた。

人間はどんなに成長しても「出身地」から離れられない。

私のいる場所は「アニメ」「ホラー」「まんが」「オタク」。

やっぱり文学じゃなかった！

な〜んでそんなことに今まで気づかなかったんだろう！

気づいてよかった！

どうりで柴田元幸先生（私の文学の絶対基準）の前に出ると、ズルしている学生みたいな気持ちになると思った！

……と私は生き生きとそのオタク世界に混じりながら思ったのであった。

さようならノーベル文学賞、さようなら文壇（そこまでではないか！）。

私は私の池で暮らします　笑。

現地には「ワンピースフィルムGOLD」の監督さんもいらしたので、私は帰りの飛行機の中でその映画を観たのだが、いつもながらルフィが超常的な力を発揮して仲間を救うあたりになると、展開が読めすぎてつい寝てしまい、また少し戻って観て、また寝てしまうというのを繰り返してしまった。

そして私はいつも思うことを思った。

あのまんがの肝は美人で腰が細くて胸がでかい女たちがたくさん出てくるだけではない。

海賊と自由にロマンがあることだけでもない。

「敵がいつも思いの外残虐ですごく怖い」ということと「それに対するルフィが何も考えないで一瞬で反射的に行動する様がすごく特徴的」ということだと。

日下氏と山本氏←オタク口調の呼び方　笑

街にあふれる小さな奇跡

◎今日のひとこと

フラスタジオの近所に有名な居酒屋さん[*1]があります。

多分どう考えてもご家族であろうメンバーが、お店のTシャツを着て忙しく立ち働いている。

この店は近所の人たちに「愛されている」なんていうものではない、もはや世界遺産のように大切にされているのです。

前回のこのメルマガで触れたような感じの居酒屋さんで、安くて、おいしくて、なんでもあるのです。

酔っ払いは多いしトイレも汚い、しかし全

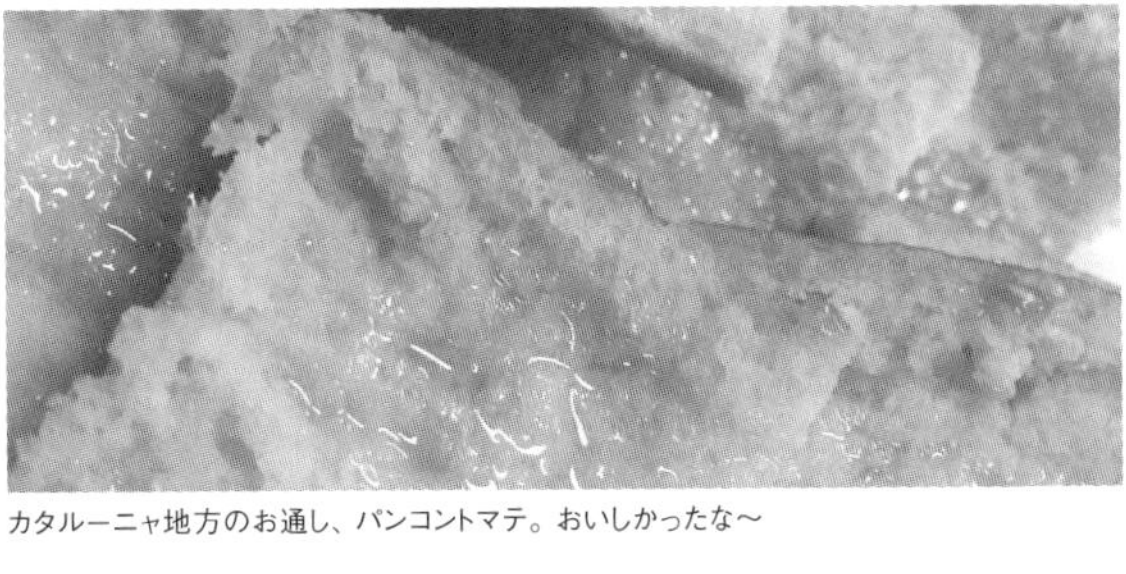

カタルーニャ地方のお通し、パンコントマテ。おいしかったな～

然気にならない。おいしいから。刺身も新鮮だから。

このお店を見つけたのは、スーパー呑み助のウイラニ先輩という人で、あの人がいいというなら間違いないとフラシスターたちに広まったのですが、ここからの、「OMIYAMA」[*2]（私が名づけたお店です）で一杯飲んで帰るというのが、フラ帰りの黄金メニューなのであります。

あまり飲まないようにしている私がこのお店でお兄さんに「今ちょっとお酒を飲めないから、ホッピーのそとの白い方だけください」と言ったら、お兄さんはお酒を頼まないことや変な注文の仕方（ホッピーはなかとそとでセットだから）に怒るでもなく「うーん、でも、あれ、もしかしたらアルコールちょっと入っちゃってる可能性があるんですよね～」と真顔で考えてくれました。

いいなあ、このお店、としみじみ思いました。

ここに寄って、このつかずはなれずだけれど心ある接客に触れて、お店の人にも調子いい日と悪い日があって、こちらももちろんそうで、でもここがいつもあることでみんな安心して道を歩くことができる、みたいな感じが自分と街の成り立ちとしては一番いいと思うのです。

この近くには私が「ふなふな船橋」で心の中で主人公が店長をしている書店のモデルにした書店「SPBS」[*3]があります。

そこは、前にここでホリエモンがトークショーをしているのが見えて、まだ小学校低学年だったうちの息子が通りかかりながら「あの人に聞いてみたい、『どうしてレシートはお金と同じなんですか?』って」という名言を残したところでもあります。

長野の梅ソーダ

◎どくだみちゃん

旅の夜

長野のとある街。

ほとんどの店は早く閉まってしまい、そうでない店はなんとも言えない感じ。

チェーン店と、おいしくない店と、おいしいから混みすぎている店と、古すぎてもう店の人の家になって閉まっている店しかない不思議な街だった。

そこには何回も行ったので、愛着が湧いていてそういうところも好きなんだけれど。

夜の道に息子と行き場もなく二人で立ちつくし、それからずっとお店を探してさまよった。

あまりにも悲しいお店しかなかったので数

件はしごして、食べ物が出るところがあまりなくて、やはり不完全燃焼だったから、最後にはカップ麺を買って帰った。

トムヤムクン味のあれ。

渋すぎる旅館の部屋に戻って、お湯のポットを見たら、なんとコードにつながっていないタイプだった。

今どきあのポットをなかなか見ないと思う。

ぬるいお湯で作った深夜のカップ麺の曖昧な味と硬いままの麺の感触を、薄い畳とせんべい布団の感触をきっと一生忘れないだろうと思う。

その部屋に風呂はなく、男女別の小さな外風呂があるのみ。

しかもその風呂は家庭の小さな風呂の作りだった。

一応下の階に男湯があるんじゃない？　と聞いたら、あまりにも暗くて怖すぎるから、鍵をかけて女湯に入ると息子は言った。

それで、寒くて真っ暗な小さい女風呂にぎゅうぎゅう詰めで入った。

そうだ、ほんの数年前のことなのに、私たちはまだ一緒に風呂に入っていたのだった。

だからあんな旅行はきっともう最後の最後だったんだと思う。

ほんとうに不思議なことだ。

小さな男の子である自分の息子と、一緒にお風呂に入ることはもう一生ない。

いつもしていた風呂に桶を浮かべるレストランごっこも、視力回復のために目にシャワーを当てて時間を計りあうことも、もうすることはない。

淋しいというよりは、やり遂げ感が強い。

昔、お金持ちの男友だちが、お父さんが長年の闘病の末に亡くなったとき、お母さんをヨーロッパ旅行に連れていったという話を思い出す。

期間も二週間以上だったと思う。あまり観光もしないで、ゆっくり高級ホテルに泊まり、お父さんとの思い出を聞いたり、おいしいものを食べたり、散歩したりしたと言っていた。

お金持ちである部分はなかなか万人にまねできないのでともかくとして、お母さんがいちばん望んでいたことを叶えてあげて、なんて偉いんだろうと思う。

観光なんてきっと疲れていてしたくない。大好きな孫や優しい嫁も、今は疲れる。

お父さんのことをゆっくり思い出したり、泣くでもなくぽつぽつと話しながら昔を振り返りたい。でも家だと辛いからどこか遠いところがいい。いちばん気を遣わなくて楽で、お父さんへの愛を共有している息子と一緒がいちばんいい。

今の私にはわかる。お母さんは、そんな気持ちだったに違いないのだ。

翌朝はおしゃれな古民家ベーカリーの二階のカフェで、本当にすばらしいパンとコーヒーをいただきながら、窓から向かいの駐車場に友だちが車を停めて歩いてくるのを見ていた。

なかなか会えない大好きな友だちの、ふだん見ることができない日常の姿を朝の光の中に眺めているのは、そしてその向こうに霞んだ朝の山が見えているのは、とても幸せなことだった。

ある秋の小さな思い出だ。

その後私と息子は二人で軽井沢に移動し、まだまだ珍道中は続いた。

小さいホテルに泊まり、そこでもらったチケットで星野温泉に行き、ハルニレテラスの川上庵でお蕎麦を食べた。前の日の晩ごはんとは全然違うできたての熱々のものばかり。そのありがたみを話し合ったり。

それから広々したトンボの湯に星空を見ながら入って、タクシーを待った。

ハルニレテラスの前の道は、冷たい木々と夜の匂いがした。

朝はホテルの、手作りのものばかりがある小さいビュッフェで朝ごはんを食べた。

それから待ち合わせしていた東京から来た友だちと駅でわいわいと合流し、息子の友だちの家に寄ったり、アウトレットで一時間勝負と決めて買い物をしたりした。

その全てがかけがえのない時間だった。

思い出すのは長野の青い空と、澄んだ空気。けんかしながらひたすら歩いたあの駅前の、全く影がない道。

せんべい布団で腰が痛くなったこと。

ベーカリーを出て友だちに車に乗せてもらって走った田舎道の広々した、紅葉でいっぱいの色とりどりの景色。

軽井沢でまた別の友だちたちが駅前に集って、急にふたりぼっちではなくなったこと。

人生は美しい（たとえ晩ごはんがぬるいカップ麺であっても大好きな人といれば笑える）ということを、旅はたまに思い出させてくれる。

宿のしぶいポット

長野の野菜たち

◎ふしばな
深すぎる！

一巻で紹介したことがある、田園調布の「茶春」[*4]。

台湾料理が台湾と同じ、いやそれ以上においしく、カジュアルな値段で、お茶も高級なのに五百円で出てくる、奇跡の店だ。

特に定番のビーフンとちまきは、どうやったらこの小さい厨房からこのスピードで出てくることがあるのか？　という高レベルの味で、ランチセットの紹興酒で蒸した鶏なんて「この値段で食べて大丈夫？」と思う。

お料理をしているここのうちの娘さんと話していたら、

「お茶飲んでるのになんだけど、コーヒー飲む？　うちの父のコーヒーはおいしいのよ」

と言う。

台湾料理店の二百円のコーヒーにそれほど期待をしたことがなかった私は、

「え？　お父さまが淹《い》れられるのですか？」

と言った。

「そうなのよ、うち、ここの前は虎ノ門で喫茶店やってたのよ。モーニングがある喫茶店。それで父はそのためにコーヒーの淹れ方習いに行ってね。父のコーヒーは評判がよくて、けっこうみんなわざわざ飲みに来たのよ〜」

私が飲みたいと言うと、娘さんは二階のお父さんのところにやかんを持って上がっていった。

九十歳のお父さんが淹れてくれると思うと、貴重でなんだかドキドキするなあと思いながら、私は待った。予想としては昔の喫茶店のドリップコーヒーの味で、若干深煎りめかなあ、と思いながら。

やがてお父さんがコーヒーの入ったポットを持って降りていらして、飲んでみたら、ものすごくおいしかった。

「すごくおいしいです！」

と私が大きい声で言うと（お父さんは耳が遠いから）、そう言ってくれるのとお代わりしてくれるのが一番嬉しい、とお父さんはおっしゃった。

「これはどこの豆ですか？」

私はたずねた。喉のあたりに残るわずかな香味、浅煎りの、エチオピアあたりのこだわりの豆？　と思いながら。

「うちは喫茶店じゃないから、スーパーで買ってくる安いやつよ〜。でも父が淹れるとおいしいのよね。なぜか私が淹れてもその味にならないのよねえ」

娘さんが淡々と言った。私は本当にびっくりした。

確かにこだわりのサードウェーブの店の新鮮高級豆には豆の質的にちょっと負けるかもしれないけれど、味はほとんど遜色なかったのだ。

その辺のおしゃれ小僧がこだわりながらちょい習ってうんちくを傾けながら淹れているそこそこ高級な豆のコーヒーよりも、ずっとずっとおいしいのであった。

「そのときは虎ノ門のビルの中にあったから、すごく繁盛してすごく忙しいお店だったのよ、今と違って。でも忙しい店ってダメね、だんだんこっちがいばってきちゃうね」

いったいなんなんだ、この店!?

人類の豊かさの可能性について、考えさせられる出来事は今日も街に満ちているのであった。

「茶春」のビーフン

わりとスキャンダラスな発言の多い回（年末だから）

◎今日のひとこと

冬になると、元気な父に最後に会ったときのことをよく思い出します。

父はずっと笑顔でした。

あんなに機嫌がいい父を見たことがないというくらいです。

犬や猫と同じにしちゃいけないと思うんだけれど、姉にはずっと見せていたけれど、離れて住んでいる私には決して見せなかった粗相する姿を、ついに私にも見せてしまったのが一月の七日。犬と猫は、そうなるとこの世にあまり長くいないのです。そのときに、考えたくないけれど、お別れが近い、と思いま

スヌーピーミュージアム

した。

そして最後に実家で会ったのが十一日。私もインフルエンザになりかけていたし、父は肺炎でした。なんだその病んだ集い！　笑

翌日から父は入院し、生きて実家に帰ってくることはなかったのでした。

そのときは私もインフルエンザになり始めでぼうっとしていて、あまり一緒にしっかり過ごした感じがしていないのに、思い出すときはインフルエンザじゃないわけだから、すごく鮮やかで幸せな夜だったという感じがするのです。

父は姉の素揚げしたむかごを食べながら「むかごっていうのはたぬきとか小動物が食べる大きさなのかねえ」とにこにこしながら言っていました。

それから「天草に立派な人がいたことを、いつも親父が言っていたなあ、親父はその人を一番尊敬していた」という話も。

全てが笑顔とともに歌うようにする話だった、それが私と父の最後の夜だったことが、とても嬉しいのです。

生き物が体を脱ぎ捨てる過程は、元気なときを知っているととても悲しいものです。でも、それは自然の流れなのですね。

だからこそ、もういいよ、充分準備したよっていうくらい、いっぱい一緒に過ごしていたら、少しでも悔いなくいられるのではないかと思います。

いっしょにいるのに、少し先のことを考えたり、別のことを考えていたり、そんないっしょにいないような過ごし方を、できれば誰ともしたくないなって思います。現代の生活

ではスマホもたまに見なくちゃだし、次の予定も常に詰まっているけれど、それでもなるべくそうしたくないと。

今していることに集中する。

そのような余裕が心にも体にもある。

それがすごい富よりも美よりも、最高に贅沢なことだと思うのです。

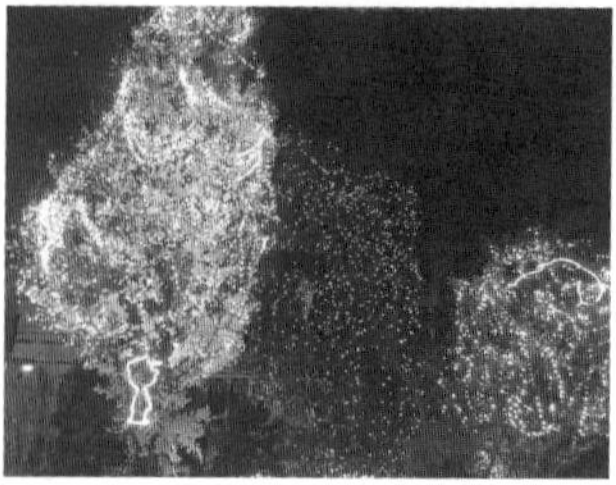

スヌーピーミュージアムのライトアップ

◎どくだみちゃん
とても美しいもの

山肌にはまだ紅葉が残っていた。

道には黄色い落ち葉がいっぱい落ちていた。ときどき赤が混じっていて色の割合が絶妙に美しい。神様が地上に描いた精妙なスケッチのかけらだ。

私は友だちの運転する車に乗っていた。

誰もいない道の前方に、犬を連れた人のシルエットが見えた。

「うちの娘です」

と車を運転している彼は言った。

私は窓を開けた。

彼女はお父さんの車に気づき、顔を上げた。

私は「こんにちは！」と言った。

彼女はゆっくりと顔を上げて私を見て、静

かに微笑んだ。

　少し上目づかいのその目はお母さんにそっくりだった。そして立ち姿の輪郭はお父さんにそっくりだった。

　温かそうなコートを着て、きれいな色の帽子をかぶって、彼女は立ち止まっていた。

　こんな山の中でこんなに美しくあることができるだろうか？　というような美しさだった。

　いや、山の中だからこそ静かな佇まいを保つことができるのだろう。

　私はあなたともしかしたらもう二度と会うことはないかもしれない。でも、私はあなたのお父さんとお母さんが大好きで、あなたに会えたことがほんとうに嬉しいです。

　……と言うのも大好きな人たちの娘さんは私にとってもとても大切な人なのです。理屈抜きでそうなんです。

　と私は思っていた。

　そのことはきっと伝わったと思う。

　車は彼女を追い抜いて、立ち止まっていた彼女も歩き出した。

　広い道、冬のつんとする美しく澄んだ空気、ポツンと歩いていた一人と一匹。

　彼女の表情が車の動きにつれて、ゆっくりと驚きから笑顔へと変化する美しい様子を、私はきっと一生忘れないだろう。

　今年見たものの中で、いちばん静かで、瞑想的で、少し淋しさがある、ほんとうにきれいな光景だった。

　ああいうものをなんとかして留めたくて、人は芸術を志すのだろうと思う。

近所の大きな、大好きな木

◎ふしばなセンセーショナル
急に変わる人の神秘

最近、身近な友人に恐ろしい話を聞いたばかりなので、不思議なこととして記しておく。

私も同じことを何回か体験しているが、これは「友だちに聞いたということにしている自分の話」ではない。友だちにそれを聞いて「そうか、この世には一定の割合でそういう女の人がいるんだ！」と思ったので、メモしておこうと思ったのだ。

自他含めてこのケースを十例以上知っているので、データとしては充分揃っている気がするし、パターンも皆同じなので、同じような人物たちがいるということなのだろう。

私はそんな経験に対して怒っていないし、彼女たちに変わってほしいとも思わない。自分はただ離れればいいことなので、気にもならない。そういう人は一定の数いるんだなあと興味があるだけだ。

いちばんの不思議は、後にもくりかえし書くが「そのことが、その人にとって一つも得にならない」ということなのだ。

人間は、できれば自分にとってプラスにな

ることをしたいという気持ちを持って、生活していると思う。しかしマイナスとわかっていてしてしまうことが、人にはどうしようもなくあるということだろう。

　これを制すれば人生を制すると思っても間違いはなさそうだ。


　そういう人はたいていかなりの美人で、特に男の人にモテる。

　いつも笑顔を絶やさず、こんないい人がいるのだろうか？　というくらい感じがいい場合が多い。頭も良く、才能もいろいろあって、マルチ的になんでもできる人が多い。少なくとも不器用なタイプではなく、そつなくて、社交的で、現実的な人。

　そして、楽しい雰囲気で常に周りを笑顔にしているので、みんなすっかり気を許して、いい人として普通に接している。

　しかし、その人はある日突然発作のように、周りと縁を切り始める。理由はインスタのフォロワーが自分より多いとか、自分の何かを真似したとか、自分の嫌いな人と親しくしたとか、自分の好きな人に自分を飛び越して連絡を取った、とかである。地雷は人それぞれ違うのだが、最後のやつがいちばん多い。

　その切るときの感じがすごく病的で、例えば「お元気ですか？　先日○○さんと会いました」などとメールに書いたとして「知りません」だけの返答だったり、絶対に相手にわかるようにやるのだ。電話をかけても「はい、はい、わかりました、はい、では」みたいな。つい前の週まで、うわ〜！　お元気ですか？お会いしたいです！　わざわざありがとうございます！　みたいな人だったのに、急にそうなる。

私の友人も「おとといまでゲラゲラ笑って一緒にいたのに、わけわかめ！」みたいなびっくり反応をしていたので、同じ感じなのだろうと思う。

その人に対する嫉妬がキャパを超えた
人間関係の複雑さがキャパを超えた
自分で自分が嫌いで実は自信がない
自分の彼氏がその人をほめた

など様々な理由が推測されるが、もう聞きようがないので定かではなく、いずれにしても大変そうだなあとしか思えない。

なぜなら少なくともそれで人生が良くなることは一個もないからだ。


誰にでも「総とっかえ」したいときはある。自分のしてきたこと全てをチャラにして、新しい人間関係を築きたいと思うとき。

しかし、そういうとき「自然に離れる」とか「誘われても何回か、感じよく正当に断る」とか「忙しいのでしばらく出向けそうにありません」など自然にふるまうという選択肢はそういう人たちにはなぜかない。

例えば引っ越す。前の家の近所の人たちとは自然に接する機会が少なくなってくる。それだけでもう充分なところを、あえて「引っ越したからもうあなたとは会う機会も話す機会もありませんね」と告げるというのは、やはり病的な感じがする。

不思議すぎて人生経験の多いばな子でさえもハントできないほどの神秘なのだが、きっと人の「嫉妬心」というものは、変に抑えるとそういう風に吹き出すのだろう。あるいは人の「虚栄心」と言い換えてもいいかもしれない。

私にもそういう気持ちがないではない。過去に好きな人の愛する女性などに接すると、自分がすごく小さくみじめに見えたことなど、女子力が低いわりに好きな人の山が高すぎる分、千回くらいある　笑。

でも現実に相手に対してアクションするというのは、何かそれとは違う気がする。

それにすごく近いし、前者に比べてもう少し弱いが同じようなエネルギーを感じるのは、これは私の体験であるが、仕事をお断りしたときに「ひとこと嫌なことを言わないと気が済まない」という人が一定の割合で確実にいることだ。

仕事というのは、フリーである場合は自分でスケジューリングしなくてはいけない。同じ日に二つ仕事を入れて大丈夫なケースと、下準備が必要でできないケース、そもそもただいた企画に全く思い入れがないから無理、などなど様々な場合がある。感情では選んでいない。直感（なんだかこの日はバタバタしそうだから余裕を持っておこうとか）は使うかもしれないし、推測（この人せっかちそうな感じだから、テンポが合わないかもとか）もすると思う。でも、少なくとも感情とか好き嫌いではない。しかしお断りすると、まるでその人の人格を否定したかのような反応がある場合があるのだ。

「吉本さんほどの人になると、断るのも早いですね」とか「この仕事は私にとって大切な仕事なのに、とても残念です」（私にとっては先に自分にとって大切な仕事の予定が入っているんだってば）とか「ご本人ではなく秘書の方に断られるなんて心外でした、届けてくれることとさえなかったのですね」（依頼メールは全て一応目を通しているが、国外にいたりして事務所にお断りをお願いすることはあるに決まっている）とか、「ヘアメイクなしで写真はNGってもしかしたらご自身を美人と思っておられるのではないですか？」（これなんてもうケンカ売ってるよね）とか、プライベートのつきあいじゃないんだからそんなこと書くのよそうよ、みたいな人が少なからずいるのである。これも、今後の関係性においていいことが一つもないと思うのだが……そして、どうも私の仕事が好きで依頼してくれたような気がしないのだが……多分これこそが、野口晴哉先生のおっしゃる「余剰のエネルギー」の成す技なのだろうと思う。

この文章に対する「あるある！」反応がすごく多そうで、とてもドキドキする。

人ってほんとうに不思議だ。そしてそういう不思議で気味わるいところも含めて美しいと思う。

そういう過剰な人の見せる涙には、何か胸を打つ切ないものがある。

でも、自分は複雑に生きたくない。この世で一番尊敬しているのが尼神インターの渚の生き方だというくらいだから、そして尊敬する死に方は犬の死に方だというくらいなんだから、我ながらほんとうにそうなんだろうと思う。

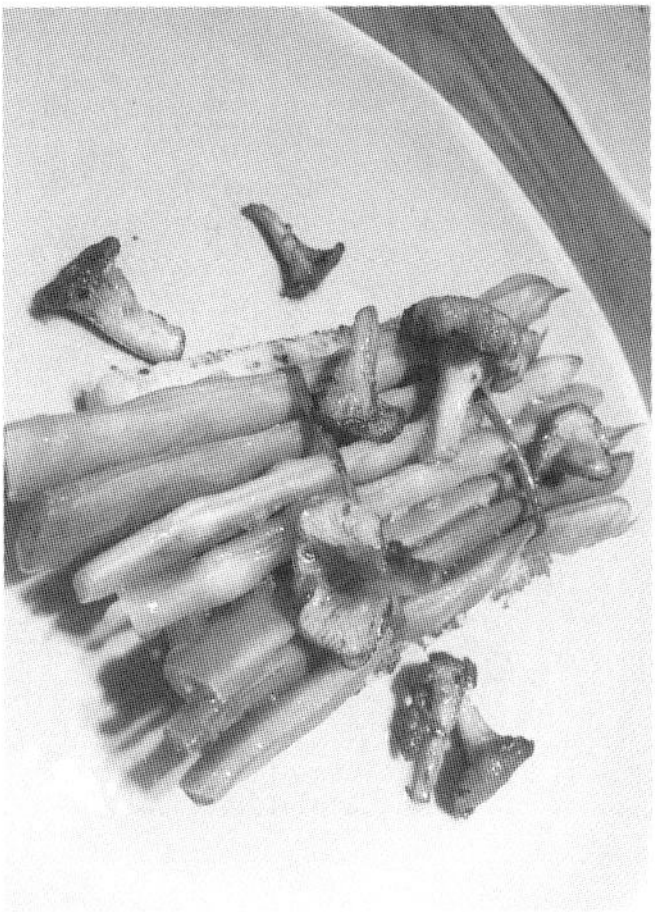

スペインの小さなキノコとアスパラ

新しい年、新しい可能性

◎今日のひとこと

六本木にあるスヌーピーの美術館[*5]がとても好きです。

東京のすてきな新名所という感じで、グッズのデザインもすばらしくて、わくわくします。

外の飾りつけもすてき。

展示されている、すばらしい絵で描かれた知的な作品群を見るにつけ、同じ街にずっと住んで、スケートと野球が好きで、犬を愛し、家族と友達を愛したシュルツさんの一生がすごく愛おしく思えます。

スヌーピーミュージアムのカフェにて

シュルツ夫人とオープニングパーティでお会いしたとき、

「私、本を書いているので、英訳されたものもあるので、お送りしますね」と言って数冊送ったら、なんと、シュルツ夫人から手書きのお礼状が来ました。

ご高齢で、シュルツさんはすでに他界していて、それなのにきっとあの人は毎日世界中の誰かにそんなお手紙をこつこつと書いているのでしょう。いや、きっと彼女は若いときからずっとそうしてきたのでしょう。

偉大な才能を支えた、もう一つの偉大な才能に触れたこと、それは大きな喜びでした。

この美術館の惜しいところはカフェとショップだけの利用ができないこと（期間限定の美術館だからだと思う）と、日本だからいろいろなことがびっくりするほど堅苦しいところ。

でもとにかくすてきで、行くといつも小さな旅行をした後みたいな気持ちになります。企画が替わると展示も替わって楽しいし。新しいTシャツが常に出ているし！

そう言えばスヌーピーがタイプライターで小説を書くシリーズが今期まさに展示されているんだけれど、私は子どものときから「スヌーピーの文章、センスあるな〜」と思っていました。でもルーシーにダメ出しされてましたけれどね。

写真の中の私のバッグは昔ビームスで買ったもの。これを見てシュルツ夫人がすごく喜んでくださったのが嬉しかったです。

　左下の写真はシュルツさんが引退したときの最後の言葉。読むたびにやっぱり泣けてしまいます。

シュルツさん

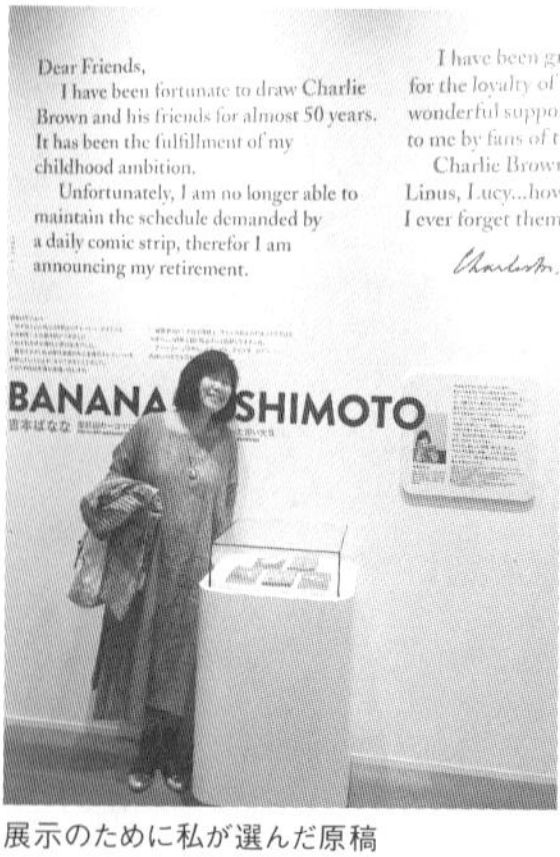
Dear Friends,
I have been fortunate to draw Charlie Brown and his friends for almost 50 years. It has been the fulfillment of my childhood ambition.
Unfortunately, I am no longer able to maintain the schedule demanded by a daily comic strip, therefor I am announcing my retirement.
I have been
for the loyalty
wonderful
to me by fans
Charlie
Linus, Lucy...
I ever forget
BANANA
SHIMOTO
展示のために私が選んだ原稿

シュルツ夫人

◎どくだみちゃん

光

ときどき、思い出す。

「サスペリア」を初めて観た渋谷の映画館のことを。

今はヒカリエになっている場所だ。

古くさいエスカレーターや階段、一生入らないであろうお店たち。

昭和は終わっていく、本当に終わっていくのだと思う。

昭和を知っている自分のことを、すごいなと思う。

外食が夢だった、そんな時代。今は朝ドラでしか見ることのない風俗。

その昔、あるまんが家さんとファックスで文通していた（ファックスで文通　笑）。

想像を絶するような美しい人物を描く人だった。

ご本人もとてもきれいな人で、あるところから勘が鋭くなりすぎて、宗教のようなものを始めてほとんど引退してしまった。

あんなに心がきれいな人が、雑多なものが多いこの世にいるのはむつかしいのではないかというくらい純粋な人だった。

結局それは本にならなかったけれど、やりとりができたことを今も光栄に思っている。

その人のまんがの中に、細部は覚えてないのだが「新年には、空から神様が撒《ま》いている金色の何かが降り注いでくる。惜しみなくキラキラと世界中に降ってくる、なんて豊かな恵みだろう、感謝せずにはいられない」みたいなくだりがあった。

新年になって、空気が澄んでいて、人々がみな新しい年のことをまっさらの気持ちで考えながらしばしの休息を取っているとき、私は彼女の偉大な才能と共に、いつもこのことを思い出す。

多くの人々が心を一つに祈っているだけで、こんなに空気が変わるのだと思う。

もちろんお正月は車も少ないし、工場も稼働していないし、空気が澄んで当然だと思う。

でもそれだけではない、希望のようなものがあたりに満ちているだけで、きっと世界の気は少しだけ澄むのだと思う。

男の人って、浮気がしたいだけなわけではない（まあチャンスがあればするんだろうけれど）。

可能性がないと心が死んでしまうだけなのだ。

明日誰かに出会うかもしれない、大好きな人たちをみんな振り捨てて、自分は逃げてしまうかもしれない、そう、いつそうならないとは限らない。

そのワクワクした気持ちだけが、今日を輝かせる。

恋愛のことだけではない。

未知のもの、自分のする未知の対処の形。巣が好きな女性以上に本能的に、それが見たいのだろう。

高城剛さんが、

「うまくいっている夫婦の秘訣は、夫が『秘密基地』『書斎』『隠し部屋』なんでもいいけれど、別の部屋を持っているということだ」

というようなことを書いていらしたが、そういうことがないと息が詰まってしまう、それが人類だと思う。

どんなに平和でも自分の中の未知にダイブする余地のない毎日は虚しい。

父が晩年、

「遠方から急にお客さんがやってきて、予想外のおいしいものを持ってくる」というのがいちばんワクワクすることだ、と言っていた。

目が見えないし、歩けないとなると、どういうことが起きたら楽しい？　何がしたい？　と聞いてみたときの答えだった。

「だからと言って、君が連絡してくれて、なかなか会えない遠方の人を呼んでもらっても、それじゃあ意味がないんだよ。たまたま急に、偶然に立ち寄ってくれるのがいいんだ」と父は言っていた。すごくよくわかる。それが可能性というものだ。そんなにちっちゃい話であっても。

グッズ売り場でゲット

◎ふしばな
技術ありきではなく

私は映像技術について詳しいことを知らないけれど、ある時から、多分、人の形さえあれば細く真っ黒い骸骨みたいなものや大量の虫が飛んでくる様子などをすごくうまく安く動かすようなソフトか何かができたのだろう。

それでみんなこぞってそういうのが出てくる怖い映画を創り始めた。というか、怖い映画の中にそれを使う場面を何が何でも取り込み始めた。

アナログばんざい、最高にいい映画は「天井桟敷の人々」と「甘い生活」だ！　みたいな気持ちは一つもないけれど、技術優先になってしまっているのが、一流（？）のホラー映画との違いなんだなあと思う。これはきっと普通の映画でも同じなのだろう。

例えば「シックス・センス」では死んだ人が見えちゃうというだけで、すごく怖いしとにかく気の毒さが伝わってくる。

「サスペリア」なんて超アナログなのに、色彩で最高に効果的な工夫をしているし、ただ男の子がチラッとこっちを見るだけで、女性がライトを持って窓の外をのぞいてるだけで怖い。

「悪魔のいけにえ」オリジナル版に至っては、もうヒッチハイカーを一生乗せたくないくらい怖い。

いずれの映画も一度も干からびた人間が勢いよく飛んできたりしないのに（いや、サスペリアではアナログだがあるか）、怖い。

結局は監督がどれだけのヴィジョンを持っているかということに尽きるのだ。

そう考えてみると、小説というものがもはや瀕死の状態にあることがよくわかる。

いや、きっと昔からある程度は瀕死だったのだろう。

ものを創るというのは、人類の共同のソースから何かを切り取ってきたり運んできて自分なりに味つけをすることに他ならない。その「自分なりの味つけ」に多少の意味はあるけれど、そのソースから得てきたエッセンスをどれだけ生のエネルギーを生かしたまま調理できるかどうかだけが大切なのだと思う。

素材が良くてあれこれいじらなければいいものができるのが当たり前だ。

素材を採ってくるセンス、料理人個人の体験、それを出す環境。

その全てが作品なのだから、そうそうすばらしいものができにくいのも当然だし、何と言っても「必然」がものを言う。

料理に置き換えたら「なぜこの料理には松茸でなくてはいけないのか」「なぜ昆布締めにしたのか」みたいな理由のことだ。

大量のいわしが取れたから、今日はいわしづくし！

みたいなものでももちろん構わない。

そこには「センス」と「読み」が必要になってくる。

同じいわしでも、漁師さんが浜で食べるのと、道場六三郎と、ジョエル・ロブションと、伊藤まさこさんでは出し方も盛り付けもタイミングも違うだろう。

逆に言うと、その違いを見たいからこそ、色々な方法で味わって冒険してワクワクしたいからこそ、人はアートに触れにいくのではないだろうか。

悲しい色やね

◎今日のひとこと

性別で人を見るっていうのはあまり好きじゃないんだけれど、どう考えても違うのは身体の造り。それが違えば、当然、考え方も違ってきて当然です。

そう、同じ犬でも闘犬と愛玩犬の性格がまるで違うように。

犬が好きなのでなんでも犬でたとえてしまいますが、雌の犬は、いつでもそっと見ていてくれてさりげなくサポートしてくれるけれど、いじわるするときは静かに、こちらにとっていちばんダメージになることをそ〜っと

大阪の夜

しておく感じ。今出かけようというときに、ちょうど通り道におしっこをしておいて踏むようにしむけるとか、ちょうど片づけているところに座る、とか。

それに比べて雄の犬はいつまでも「こっちを見て！　ほめて！」のままで、「自分を見てくれると思っていたのに、あっちをかまっている。悔しい、目の前で大事な本におしっこをかけてやる！」という感じ。

これって、人間の持っている傾向とまったく変わりなくないでしょうか？

うちの犬模様を見ているだけでもあまりにも人間と同じでおかしくて、ついつい比べてしまうんですよね。

この習性？　を考えれば、よく言われる「男の人をうまく扱う」のは簡単だけれど、生き物だからやっぱり野性が残ってるので、愛があるか操ってるだけなのか、本当にいい男には多分わかっちゃうんだと思うんですよね。

まあ基本的に男っていうものは内面なんて見やしない、同性に嫌われていても、まっすぐで必死でしかもとにかく見た目が美しいものが好き、それでいいんじゃないでしょうか？

高城剛先輩（学校の先輩だから）がエリカと結婚した、それに首が痛くなるくらいうなずけたら、もう男を理解したも同然！　笑

もしあなたが女性なら、偏見をとりあえず捨てて、自分が男だったらどうだろうって考

えてみましょう。

　気分良く出かけていく、自分にはいつでも一緒にいたいくらいのごきげんな男友だちがいっぱいいる。そして街にはいろんなタイプの美人がいる、話しかけてみる、認めてほしくなる、振り向いてくれたら嬉しい、ほめられたら気分がいい、大勢にモテるとうんと嬉しい。本気になれたらますますいいね！

　ただそれだけのことで、気分はもうロバート・ハリス！

「そりゃそうだよなあ、わざわざこじれたブスを発掘している暇はないよなあ。じゃあ、もうしゃあないわ」と女性が素早く切り替えられたら、意外にそこから初めて人と人として、関係性も面白くなってくるのかもしれないですね。

「俺のこと好きか？　あんた聞くけど　そんなことさえわからんようになったんか」

　これが、男女の差ですよ！

大阪の串カツ

◎どくだみちゃん

恋って

人生でいちばん、自分のことを「女なんだ」と思ったとき。

それは、心斎橋のアーケードの下を、仕事が終わったスーツ姿の彼氏と歩いていたときに、前から歩いてきたかわいいOL二人組がハッとした顔をして、

「〇〇くんやんか」と挨拶してきたときだった。

私は、ど～考えても五歳は年上の見た目（実際もそんな感じ）だったので、恥ずかしいような気持ちになり、ちょっと離れていた。

「あの方は？」

「彼女やねん」

それを聞いたとき、嬉しかった。

大阪の街が涙でにじむくらい嬉しかったのだ。

逆にいうと、あの気持ちのままつきあえていたら、今も一緒にいたかもしれない（そうしたら大大好きな夫や世界一愛する人類、息子にも会えないから、やっぱりだめ。やっぱり別れなくちゃ！）。

残念ながら、私の男らしさは彼を上回ってしまい、別れてしまった。

ほんとうに大阪の海にさよならを捨ててしまった！

彼がその会社を辞める、そして彼女がいるようだと知れたときから、それまで全くモテなかったのに急に多分あのとき道で会った女性を含め、会社の何人かに告白されたと聞いた。

そうそう、それも女というもの。

恋愛は必ず終わります。
さかっているのは初めの三ヶ月くらいです。
それは子どもを作るということともちょっと違います。
だから恋愛中心に生きていくっていうのは、
ドラッグとあまり変わりません。
お酒に酔ったような状態だけを求めているっていうこと。

冷めたところからが、本領発揮なのに。
でもあの三ヶ月間が全てだっていうのも、
わかるよね。
歩き方も服も変わる。
世界がピンク色の。
さかりレンズの向こうの息苦しく美しい世界。

でも、やっぱりあれは全部じゃないよね。
人生の美しさの、ほんの一部だ。

聖地！

◎ふしばな
活気をもらう

やはり川があるからなのだろうか？

大阪の街はいつもにじんでいるような気がする。

前にも書いたことがあるけれど、どちらかというと私の大阪は「雨の御堂筋」ではなく「悲しい色やね」なのである。

前述したように、昔、大阪の会社に勤めている人とつきあっていて、よく難波から心斎橋あたりで待ち合わせをした。私の恋愛史の中でも、もっとも切ない遠距離恋愛だった。

だから私の大阪はやっぱりキタではない。ミナミなのだった。

最近は日本中どこに行ってもチェーン店ばかりで、大阪ももちろんそうなんだけれど、何かが違う。なんだか楽しいのだ。必ずちょっとしたかけあいがあるし、陰気な気持ちで会話がなかったりマニュアルトークだったりすることもあまりない。

観光客だからサービスでしゃべってくれているというのもあるんだろうけれど、それだけでもない。楽しまないと自分もつまらないから楽しく働いて売り上げも上げよう！　みたいな感じだからだろうか。

お客多い↓売り上げ多い↓儲かる
みたいなシンプルな構造がギリギリまだ生きているからかもしれない。

うまくいかない↓どんどん潰す↓その方がオーナー儲かる
みたいな感じだと、働いている人も何が何だかわからないだろうと思う。

難波でこの間の夜、女だけ四人で三軒はしごした。

インドカレー、燻製バー、日本酒居酒屋。どれも全部違う感じで、みんな活気があって、一生懸命働いていて、そしてなんかテキトーだった。

いいのいいの、それで。明日は必ず来るから。人間ってそうとう強いものだから。

「551」の豚まん♡

女だけ四人で三軒はしごの最終段！

人生の見る夢

◎今日のひとこと

二歳まえぐらいの子がいるって、大変です。何一つ言うことを聞かないのが彼らの仕事だから、のびのびしていればしているほど、親は大変。

私には日替わりの優れたシッターさんたちがいてくれて、彼らをほぼフルタイムで雇って破産しそうになったけれど、やっぱり子どもを一人にはできなかったからがんばってよかった。

その時は「なんでもいいから落ち着きたい、ゆっくりしゃべりたい、食べたい、眠りたい、

台北の木

自分のペースで動きたい」と思うものなんだけれど、後になるとあれほど楽しかったときはないことに気づきます。

　人生初の、一人ぼっちではないときでした。


　いつもつないでいた手、どこかがくっついていた体。

　幼稚園なり小学校なりに入ると自分の世界ができてしまう彼らですが、そのときは親が全てなんです。そんなのって人生でたった一回だけ。


　私は下町で育っているから「外に出りゃ誰かいる」。親までそう言っていました。

　困ったらすぐ誰かに助けてもらえる、そう思って育ちました。

　一度近所のお兄さんにいたずらされそうになったときも、数歩で助けてくれる大人のいる家がある、そう思って逃げ切れました。

　なんてすばらしい環境だったんだろう、今になるとそう思います。


　うちの子どもがうちの前の坂道を下っていくと、少なくとも十人の知っている大人がお店をやっていました。今はもういなくなった人もいるけれど、まだまだたくさんいます。

　その知っている大人の中には微妙な人も混じっているかもしれないけれど、お互いが軽く見張りあっていれば、おかしなことになりにくい。

　下北沢がまだまだそういう場所であることが、ありがたいです。

　子どもがベビーカーに乗っていた頃を知っている人が中学生の今も街中にいるって、すばらしいことです。

台湾の街を小さい子と一緒に歩いていると、必ずみんな子どもに声をかけてくれます。

不機嫌そうに働いていた人さえも、みんな笑顔になります。

中華系の国の人はみんな言うのです。

「子どもは未来だから」

どちらの国が発展するかは、言わずもがなです。

幼稚園や保育園の音が騒音だと苦情を言う人たちは、自分たちはよ〜っぽどおとなしい子どもだったんでしょうね……。ちなみにうちの子の小学校の隣がパチンコ屋で、朝並んでいる人たちを見て「あの人たちはなに？」とよく聞かれました。

どっちもどっちくらいうるさいものを並べてうやむやにしちゃうという、そんな手もあるのか！

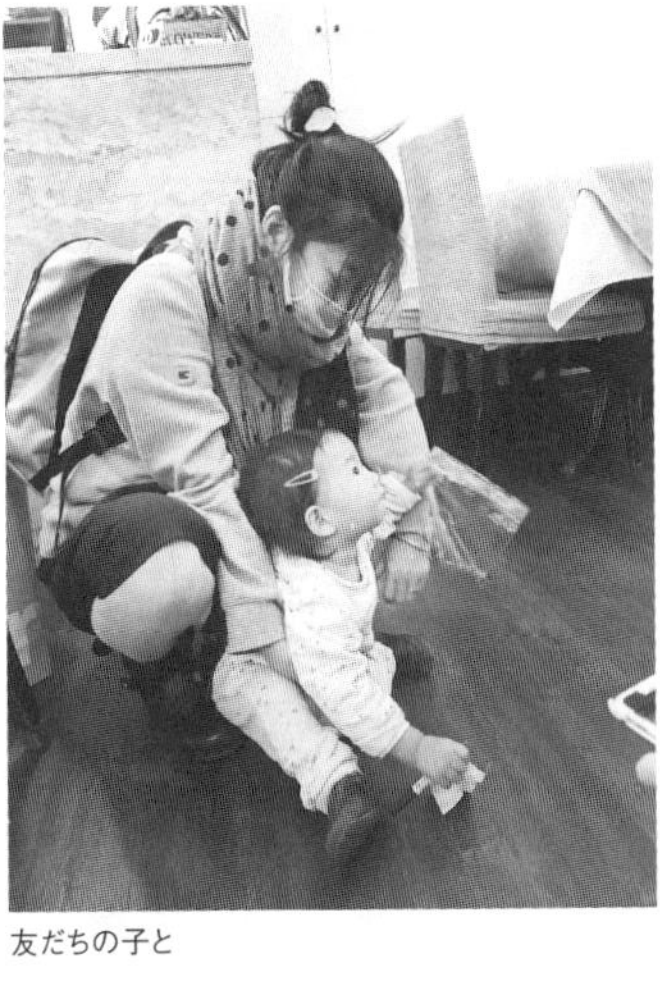

友だちの子と

◎どくだみちゃん

誰かになった夢

あれは若い日の私だったのか（そういえばよく短パンをはいていたし）。そうであったかもしれない世界の私だったのか。

夢の中で私であった人は、実在のともちゃんという友だちと、シンガポールっぽいどこか海外の、地下にクラブのある高級なショッピングモールの中を歩いていた。

ともちゃんはすごく変わったタイツをはいていた。

スケスケで、赤と黄と緑の蛍光色で、上から花や鳥がグラデーションで濃くなっていくのだ。

スポーツバーにいたちょっとお金持ちそうな男たちがともちゃんの脚をじろじろ見ていた。

「そこのお店でもいいよ、待つのは」

とともちゃんは言い、私は、

「あそこに入るともう今からすでにややこしそうだから、やめておこうよ」

と言った。

私たちは地下のクラブで招待されたパーティが始まるのを待っていた。始まる前にちょっとお腹にものを入れて、一杯飲んでおこうか、私はメールを書かなくちゃだし、というのがその待ち合わせの目的だった。

それからそのビルにはコムデギャルソンのアーカイブを集めたショップがあった。

私はそれを見て、川久保玲の才能にため息をついた。

この服を組み合わせたら、もう何も悩むことはないではないか。

家に帰ったらクローゼットからギャルソン以外を締め出してもいいくらいだ、とその私は本気で思った。

どうしてもいくつか返信しなくてはいけないメールがあって、私たちは二人の行きつけらしい、昼はカフェ、夜はバーの小さな店に入った。

そのときは夕方だったから、まぶしいほどの金色の西日が窓から強く入ってきていた。

窓の外には陽を受けて輝く高層ビル群と海が見えた。

ともちゃんはすごい柄の太ももを組みながら、ソファ席で店の人とおしゃべりを始めた。

私はカウンターでたばこを吸いながらスマホでややこしい案件に返事を書いていた。

下を見ると見えるのは自分の棒のように細い足。紺色で光沢のある短パンと黒いタイツ。少しヒールのあるエナメルの靴。

私の好きなライフスタイルとは全然違う暮らしの中にいた、その気持ちをうまく説明することはできない。

切なくて楽しくて、永遠に続かないとわかっている刹那的な生活の感じがした。

きっとその夢の中の私たちは二十二歳くらいだったと思う。

そしてとても孤独だった。

自分たちの年齢とそこそこきれいな姿しか持っていないふたりだった。将来もそんなに楽しく温かいものではなさそうだった。

だからこそ小さなキラキラにいちいち胸を

いっぱいにしていたのだろう。

ホテルの生花

◎ふしばな
ビビを見た！

大海先生は、ずっと気味悪い絵本を描いてきた。

私は小学生のときに大海先生の「ビビを見た！」というその強烈な絵本に出会い、その絵にも恐ろしい内容にもすごく惹きつけられた。

時間が貴重で、胸がキリキリ痛い初恋。街に迫る異変。それが異様な状況で異様な女の子相手で、どうにもならない。そんなことがみんな詰まっている本だった。

私は彼にファンレターを書き、お返事をいただいた。そのことがすごく嬉しかった。

その後の人生でもあの絵本が心を離れたことはなかった。

大海先生も奥様も、いつも基本前向きで落ち着いている。頭の回転がすごく速く、信仰深く、人の目を見て落ち着いて話をする。皮肉なユーモアをたくさん持っていて、たくさん笑い、常に世の中よ良くあれと思っている。

決して多くの人が好む作風ではないと思うのだが、一部の人は彼の世界を支えに一生を渡っていく。

そんな天才の形もあるのだ。

去年のクリスマスに大海先生が送ってくださったカードの絵（『秘訣いろいろ』の章扉の写真です）はすばらしかった。

なんていうことないキリスト降誕の絵なのに、深い信仰が宿っていた。

私はイタリアやフランスや……いろいろな教会や美術館でありとあらゆる画家が描いたそのモチーフを見てきたけれど、どんな名画にも負けない何かが彼の描いた版画の中にはあった。

勝ち負けでないことはわかっているけれど、たった一人で絵本を書き続けてきた八十代の大海先生が到達した世界を、神は祝福している、そう思った。

無冠の、しかしどんなものよりも尊いものに、彼は到達したのだと思った。

高くてまずい

◎今日のひとこと

「こんなに高いんだから、きれいなんだから、食材も高級なんだから、おいしいと思わなくちゃいけない」、そういうレストランやお宿がずいぶんたくさんになって来たなあと思います。

特に東京。そういうところがこれまたいつも満席。

高い安い関係なく、ほんとうにおいしいものを食べた経験がなければおいしいものは作れませんが、その大前提に届いているお店自体が少ない気がします。素材ありきか、最初だけ現地シェフがいてすばらしいけれど、期

ピカピカの天ぷらに見えるがジメジメだった！

限が来てシェフが帰り、残った人たちの詰めが甘くなってどんどんまずくなっていくか。お客さんが良くないから、お店もどんどん落ちていくか。東京という場所が特にそういう風になりやすいのかもしれないです。

土日祝に食事もおいしいであろう宿を取ろうと思うと五万円台はザラで、一体どんな人たちがそれを支えているのだろうと普通に疑問を感じます。まあ海外の方と成金の方か……。

休日にしかお休みを取れない人がこれからの日本ではきっと減っていくのだろうと信じているけれど、今のところ、いちばん混むときだったら、当然サービスも悪くなるしレストランも道も電車も混む。その上休前日だとより高いお金を払わなくちゃいけないなんて、サラリーマンにとって気の毒すぎる気がします。

自分の足で、自分の力で、そこそこ安くておいしくて楽しい場所を見つけて、そこを育てていくほうが、もはや気持ちも明るくなるし、楽しいかも……。

でもそういう場所って家賃が高くて東京ではこれまた大変。

とりあえず精米機も買ったし、おいしいごはんと具沢山のお味噌汁だけでかなり満足できる私。ますます自炊しようかな……！

◎どくだみちゃん

山の上で

こんなところにレストランがあるわけがな

いだろうというような田舎の山道の中にそのレストランはあった。

レストランというよりはほぼ人の家のリビングだった。ただしとてもすてきな部屋だった。

そしてそこで食べたオレンジソースの鴨は、人生でいちばんおいしかったと言っても過言ではなかった。今もその味が舌に残っている。

窓の外には山々が見えた。

鴨は赤々と燃える薪の火で焼かれていた。


その瞬間、当事者でいるときには絶対にわからない。

それがどんなに貴重な瞬間であるかということ。

どんな貴重な流れに乗ってそこに運ばれて行ったかということ。


その日の私は時差ぼけで、疲れていて、でもそのオレンジソースではっと目が覚めた。

顔を上げてみたら、大好きな人たちと、その料理と、温かい雰囲気の室内があった。おいしい、なんておいしいんだろう。そしてなんて幸せなんだろう。なんで私は今ここにいるんだろう、こんな良いところに。

どんなに日にちを合わせて予約しても、体調を整えても、そこにはきっともう二度といけない。外国の田舎の街外れの予約限定のレストランだった。

もっとおいしいものはきっと他にもたくさんあるだろう。でも、私があそこで目を覚ましたということ、それは世界で一回だけの、人生で一回だけの宝なのだ。

私は宇宙一の食いしん坊だと思われてるし、確かに否めないけれど、何か違う。

大量に食べたいわけではない。なんでもおいしく感じるわけでもない。

例えば旅先で、もう行けないかもしれない遠いところで、誰かと何かを食べる。

その店の人の笑顔も、天候も、体調も、メンバーも、二度とないけれどそこに何か光り輝くすばらしいものがある。というのも、二度とないということがわかりながらそこにみんながいたからなんだ。

そのことの中に、人生にとってとても大切なことがとてもわかりやすく入っているから、きっと旅先食べ歩きが好きなんだと思う。

きれいな盛りつけのカルパッチョ

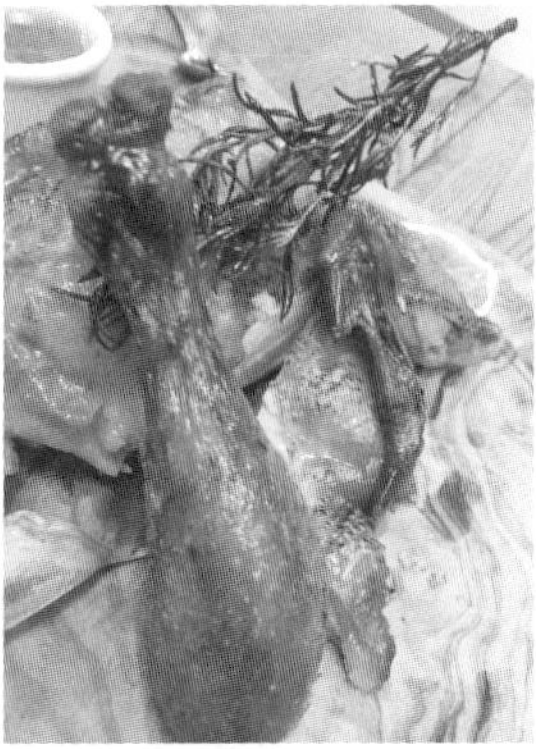

大阪のチキン

◎ふしばな

エッセンス

その劇団の人と、私はそもそも何で知り合ったんだろう？

町蔵が関係あったのは何となく覚えている。あと、野ばらちゃん。

座長は父の実家のそばの人で、小山薫堂さんとうちの父の実家とその人の生まれた場所あたりの人たちは、きっとみんな同じ墓地だと思う。妙に豪華でおかしい。

「これは、そうとう練習しているんだろうなあ」

「身体性を極限まで極めると、そこに詩と音楽が生まれるんだなあ」

そう思ってきた。

またこれが、座長の顔がうちの父やじいちゃんに似ていたんだなあ。天草の人の顔だ。

昔、座長と、座長のそばにいた女性と飲みに行った時期があった。エロ話かバカ話しかしていなかったけれど、たまに座長は核心的なことを言った。その瞬間にいつも作品の凄さの成り立ちを見つけた。

その女性はあまりにもいい人すぎて、神様が早く連れて行ってしまった。病気の最中でも彼女は家族と仲間に愛され、ずっと笑顔だった。

劇団の人たちはその辺の板で野菜を切って外で調理していたし、パンの耳をもらってきて主食にしていたり、自分で作ったベッドで異様に大きなセットを組み立てながら住み込みで暮らしていた。疲れた劇団員がベッドから転がり落ちて、それが高い場所だったので救急車で運ばれたりしていた。めちゃくちゃだ。消防法とか、健康とか、安全とか全部無視していた。だからこそすごいエネルギーがあった。人生イコール劇団であり、舞台イコール私生活がなくなるほどの練習だった。

もう、そういう時代はすっかり終わったのだろう。

その後近年になって何回か公演を見たが、ベテランの人以外の動きのあまりの甘さにびっくりした。動きに軸がないし、リズムが合っていない。ベテランの人たちはもう動物みたいに本能で体が動く域に入っていたが、それも異様な練習量のせいで何かを超えたんだろうということがわかった。そこまでできる人がもう若い人の中にはいなくなってしまったのだ。

座長も亡くなり、最後まで座長らしかったその様子を聞いた。天ぷらそばが食べたくて病院を抜け出し、意外にもそばは食べられなかったが天ぷらは食べることができた、と言っていたという話。

追悼公演があり、せめてベテランたちに挨拶をしたくてチケットを数枚もちろん有料でお願いしたが「もっと世話になった人や元劇団員にさえチケットが回らない状況なので勘弁してくれ」と断られたので、ああ時代が変わったんだな、と思った。お金が優先の時代だ。初めての人に見てほしいとか、心待ちにして先にチケットを買った人が優先とか、いろんないい言い方もあるが、そんなことはどうでもいい。

座長やあの女性がいたら、知り合いは地べ

たに座ってでも、舞台袖でもいいから見てって、その代わりもぎりとか後片づけとか手伝うか、カンパして！　などと言っただろうと思う。

代わりにタダでええこと書いてや！　ばなちゃん。

声が聞こえてきそうだ。

何せ舞台の座席まで自分たちで組み立て、入り口ででっかい焚き火をしていた人たちだ。そして卵かけご飯を屋台で売りまくっていた人たちだ。ここでも衛生法も消防法も全く無視！

逆に言うと、そのデタラメさがあの劇団のとてつもないエネルギーを生み出していたのだ。

入れてくれなかったから文句言ってるだけじゃん？

いや、違う。私だけなら招待で入れたので、ほんとうに観たかったら一人でも行けた。でもその一連のやり取りで、もう何かが失われてしまい、戻ってこないということがわかった。現代の法律に守られた、現代の劇団だ。行っても悲しくなるだけだと。

どういう成り立ちでものごとが成り立っていて、どうして発展して、どうして良くなったのか。それを一つでも外してしまったら、もうその舞台から生命は消えてしまう。脚本や発想が優れていても、ベテランが最高の動きをしても、もう戻ってこない。

おかげさまで私は自分の小説から生命を消さないために、何をしたらいいのか、すごく深く考えた。

　そうしたら、私が私の作品を守るためにしなくてはいけないことの数々は、あまりにも現実の中ではむつかしいことばかりだった。でも、ぼちぼちでもやっていこうと思う。

「何をするにも最善を尽くすこと、悪習や偏執を捨て去ること、人に見られていないところで寛大に振る舞うこと、自分に対して極端に批判的になることも、極端に甘やかすこともなく、余計な好奇心を排除して精神を浄化すること、すべての贈り物に意識的な感謝の気持ちを持つこと、瞑想すること、内なる神に祈ること、熟考すること、深層的な論題について自分との対話を行うこと、感覚を発達させること、自分自身を定義するのをやめること……」（タロットの宇宙[*6]　アレハンドロ・ホドロフスキー　国書刊行会刊　より抜粋　ああ、ほんとうにこれを出版してくれた国書刊行会に足を向けて寝られない！）

　このすばらしいリストはまだまだ続くのだが、結局は生き方が書いているものを全て決めるということだと思う。

　そして私も死ぬ前には病院を抜け出して、天ぷらそばにトライしよう！

「茶春」の前菜

ダリア

豊かな街

◎今日のひとこと

　親戚がつぎつぎ北陸の人と離婚して出戻ってくるという運勢を持つ江戸っ子の私、なかなか相性がいいとは言いにくい、そんな街金沢には泉鏡花賞をいただいたすっご〜〜〜く昔に行ったきりです。

　しかも覚えているのは同時に受賞された泡坂妻夫先生のすごすぎるマジックをずっと見続けたことだけ（マジシャンとしては厚川昌男さん、すごいマジシャンとご一緒してしまったものです！　受賞というよりはもはや『初めての人たちにマジックを見せる』という意気込みだけが感じられて胸きゅんでし

金沢の利き酒セット

た）！

　今回、久しぶりに行ってみて、これまで金沢出身の人たちがあまりにも控えめに、しかし明らかに地元を誇らしく思っているような雰囲気なのがよくわからなかった私さえ、「これだけ豊かな場所だったら、少しくらいそのことを自慢してもしかたないな」という気持ちになりました。

　なにからなにまで豊かで、ぷりぷりキラキラしていて、質が高くて。

　こんなところで生まれ育ったら、豊かということが当然になってしまうのではないかと思いました。

　カニも温泉も、そんなにきらびやかでもなく、ごく普通なのに豊かなのです。

　日本ってまだまだほんとうにすごいなあ、とこのあいだ山形に行ったときも思ったけれど、その豊かさをオープンにしない文化でもあるんですよね。

　中国の方達やオリンピックがそれをどうオープンにしていくのかわからないけれど、こんなに売れるものがあるなら、売るしかない、だって見てほしい！　単純にそう思わずにはいられませんでした。

　そしてそして。私は甘いものが好きでないのですが、それでも金沢のお菓子が見た目も質もパッケージも、とにかく総合的に異様なクオリティであることはわかりました。

　レベルが高すぎて、金沢から東京に来た人は耐えられないのではないか？　とさえ思いました。

　私がイタリアに行ってお城のワイナリーで

試飲したり、しぼりたてのオリーブオイルを瓶で買ったりしたこと。教会や美術館でみごとな絵や彫刻をたくさん見たことが今もこんなに心に残っているのですから、もしも海外から来た人たちが福光屋のカウンターで飲み比べをしたり、みつ川でお寿司を食べたりしたら、日本ってなんてすごい国なんだと思うのだろうなあ。

宿のかに！

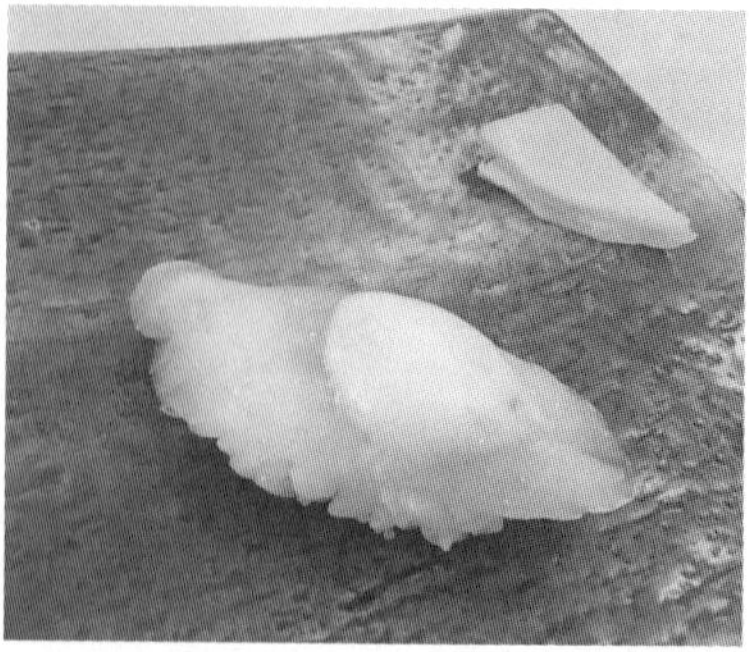
「みつ川」のおすし！

◎どくだみちゃん

荷づくり

今のほうが私はよっぽど臆病だ。

事務所のいっちゃんがいっしょにいなかったら、出張なんて端から端までビクビクしてしまう。飛行機が遅れて深夜に着いたりしたらもうタクシーが怖くて半泣き。

仕事にしたって先方に「これは見るからにこじれそう」というような人がいたら、もうすでにめんどうくさくなって憂鬱になってしまう。

うんと若い頃の私は、ひとりで荷づくりして、なんだかわからないままに空港だとか駅まで行って、なにもかもひとりでやっていた。

その頃の心の傷が今の私をこんなにも臆病にしてしまったのか？

あまりにもわからなくてこわすぎて、楽しいなんて少しも思えなかった。

あの頃のなにも知らない自分がどうやって衣装とか化粧とかをひとりで（今もひとりなんだけど、いろいろ厚かましくなっている。現地で買うと言って服を持っていかなくて、結果ルームウェアで講演することになったりとか。いちばん問題なのはそこで超然としていられずにいちいち大騒ぎするところだと思う）融通していたのか、ほんとうに不思議だ。

そのうち優秀な一代目秘書のナタデヒロコさんがやってきて、休みの日まで時間を作って買い物につきあってくれたりして、いろいろ教えてくれたので、なんとかいろいろできるようになった。

その惜しみない尽力に対しては今も感謝しかない。

先代の秘書のりさっぴはエクアドル出身で、ドイツの全寮制の学校に行っていたり、ご両親がアメリカにいらしたりしたので、すごく旅慣れていた。そんな彼女は旅立つ日の朝に集中して二時間で荷づくりするのがいちばんいいと言っていた。

そうだろうな、それがいちばんいいんだろうな、とうすうす感じてはいても、私はなかなかそこまでできない。

人生ゲームや大貧民で冒険ができないタイプなだけのことはあるなと自分でも思う。

いつか人生最後の荷づくりをするときがくる。

もちろん比喩的な荷づくりだが、なにを捨てて、なにを遺していくのかを考えなくてはいけない。

そのときに、りさっぴまで極まっていたいとは言わないが、あまりぐずぐず悩まないような人生にしたい。

断捨離にさほど興味はないけれど、残しておきたいという気持ちのほとんどはスケベ心だというのはわかっている。

そこをきゅっと切り替えて、どんなに残り時間が短くてもスケベ心を出さずに今とか近い明日だけを見つめて、いさぎよくなれるようでありたい。

金沢のお酒たち

◎ふしばな
お宿あるある

　お仕事が終わった後に仲居さんがみなさん温泉に入ってから寮やおうちに帰られるので、たいてい晩ごはんを食べて満腹と酔いつぶれでひと眠りしてからぶらぶら風呂に行く私は、仲居さん全員の裸を見るうえに、自分も裸を見られるので、翌朝ごはんのときにすごく恥ずかしい。

　そしてだからこそであろう、仲居さんたちはどんなにタバコ臭くても、お肌はつるつるなのであった。

　見るからに貧乏くさい上に酒をたくさん飲む私は「読めない客」。

　二十代だろうが五十代だろうが、心づけを渡そうが渡すまいが、この人はどういう人か全く読めないのでとりあえず見ないようにしよう、という対象なのには変わりなかった。

歳を取ったら解決すると信じていたことだったので、変わらなかったことにまだ驚いている。


こんなに宵っ張りなのに、朝八時前に起きてふだん食べない朝ごはんを食べるなんて苦行に近い。

しかも私は今十五時間くらいはごはんを抜く健康法をしているので、ますます困る。

朝起きてごはんを食べて朝風呂に入ったりすると、確かに気分は良いが確実に午後に細かく寝てしまい一日がまるっきりつぶれてしまう。

だから最近あまり旅館に泊まらないのであった。


かといって、最近はやりの○のや方式も、単に新しい時代の典型ができただけという感じがして、どうにもなじめない。特にあのめちゃくちゃ遠回りする送迎の形式とビュッフェ。あれって多分原価は……以下自粛します！

いつか私は、あのタバコくさい仲居さんの酸いも甘いもかみ分けた強引で全く心がこもっていない接客や、固形燃料で生臭く温まった鍋物や、ビニールから出しただけのおつけものや、温泉成分以外でぬるぬるした風呂や、枯れ木が見える露天風呂や、赤い絨毯がかびくさい長い長い廊下や、響き渡るカラオケの音……そんなものが懐かしくて恋しいと、思うようになるのかもしれない。昭和だったなあ、と。

昔、とある旅館で深夜にひとりで女湯に入って出たら、薄暗いベンチにかなり浴衣がはだけた、少し先に出ていた太ったかなりご高齢のおばあさんがまだじっと座っていてびっくりしたことがある。

ついに霊が見えるようになってしまったかと思った。

そのくらい気配がないおばあさんだった。

おばあさんは突然私に話しかけはじめた。

「これまでの人生でいちばんつらかったことは、そういう時代だったから、子どもをふたりもおろしたことなの。私は産むって言ったんだけれど、主人がね、ダメだって。それだけが恨みに思っていることなのよ。今頃良くしてくれたってねえ」

くりかえし、くりかえし、同じその話をした。

つまり、ちょっとボケていた。

「それはおつらかったですね」「今こうして温泉にいらして、長生きしてお元気そうで、すばらしいことではないですか」と、私はくりかえし言った。

やがて、恰幅のいいおじいさんが男湯から出てきて、おばあさんはおやすみなさい、と言ってよろよろっと立ち上がり、おじいさんと歩いていった。

私はあのふたりには生まれなかったお子さんがいるんだなあ、としみじみ思った。

そういう時代だったんだなあ、と。

「みつ川」のおすし再び

出会うことと気づくこと

ふたりはH

このタイトルは、私と早川さんのことではなく　笑、先日行われた原マスミさんと早川義夫さんの全国ツアーのタイトル。トークショーもしたらしいが、原さんのHな話がとまらなくて本当に大変だったらしい……。

◎今日のひとこと

私がここで取り上げるかなり偏った人（梨も？）選、「俺には全く興味ないね」という人はいるでしょうけれど、そんなときはいつでもご自身のお好きなアーティストに置き換えて考えてみてくださいね。

早川さんと

原マスミさんと早川義夫さんの二人ライブに行ってきました。

こんなにも真摯に「歌」というものを聴きにくる人たちが今もたくさんこの世にいるなんて、なんてすばらしいことだろうと思うほど、会場は熱気に包まれていました。

みんないい顔をして心と音楽が響き合うような態度で聴いていて、そこにいられることの幸せを感じました。


原さんのそのすごい才能に関しては私は書きすぎるほど書いているので、つきあってる疑惑が絶えなかったし、私はいつつきあってもよかったのですが、原さんはモテモテでいつどんな時代にもきれ〜いな彼女がいるので、残念ながらつきあってません！　涙
彼の唯一無二の才能が、ずっと途絶えることなくファンを惹きつけ続けていることは、当然だと思います。

あの不思議な声、奥深く切ない詞、すばらしいメロディ、そしてギターのうまさ。

どこをとってもすごい上に絵まで描いちゃうんだから！

ある方が自死を選び、亡くなったときに原さんの音楽を大きな音でかけていた……ということが悲しいこととして話題になることがあるのですが、私はそうは思わなかったのです。

最後の瞬間に抱かれていたい音楽として選ばれる音楽がこの世にいくつあるだろう、と思いました。まるでチベットの僧が死者の書を携えて死に臨むように、原さんの世界だけが道連れだったのです。死のときに寄り添ってくれる唯一のものだったのです。それはす

ごいことです。

早川義夫さんの歌を初めて聴いたのは小学生のときでした。

いろいろな問題がある環境にいた私の心には「からっぽの世界」「遠い海へ旅に出た私の恋人」がまるで自分の心の写し絵のようにしみこんできました。

そのあと「サルビアの花」[*7]は日本中の人々の胸を打ちました。

そして彼は本屋さんを始め、本屋さんをたたみ、またライブをひんぱんにやるようになりました。

私は彼のエッセイ集が大好きで、とつとつと、まるで話しかけるような、控えめだけれど強い意志のある文章にどんなに慰められたかわかりません。

実際にライブで聞いた彼の歌は凄まじい迫力を持っていました。

詞も曲もピアノももちろんすばらしい。しかし彼が声を出すと、いきなりそこに命が宿るなんてものではなく、まさに「力」が宿る様がいちばんすごい。

その力の中には、私たちが笑ったり泣いたりする全ての感情がいっぱいに、はじけるようにこもっているのです。

私の中で彼は「日本のレナード・コーエン」なんだけれど、きっとご本人は違うよっておっしゃるんだろうなあ（レナード・コーエンがこの世の音楽家で一番好きだったのに、とうとう亡くなってしまったのですごく悲しい）。

あの歌の力、それは彼が決して目の前にいる人やものごとをおろそかにせず、一瞬たりとも流さないでいようと「心がけて」いるからなんだなと思いました。

その心がけを何年も、何十年も続けてきた、そういうことなんだと。面と向かってお話ししていてもそうです。早川さんがてきとうに流したり、ごまかしたり、なんとなくであることは一度もなかった。そういう人ってなかなかいないのです。

良い人というのは「人当たりの良い人」「優しい人」のことではないと思います。

彼のように自分と他人に誠実な人こそが、良い人なんだと思います。

続けてきたという点においては、原さんも同じです。だからこそ原さんは才能を鈍らせることなく進化しているのでしょう。

こんな先輩たちがいるのだから、私も続けていこうと素直に思いました。続ければ、ただただ続ければ、書いたものだってぶれずに、なにものにも負けない強さを持つはず。

屋上が好き

◎どくだみちゃん

歌と共に生きる

「エメラルド色の蒸気がわいて　私の指に海が続くの
私はラブとつぶやき　目を閉じて口づけを待つの」

こんな深い内容、子どものときの私にわかるはずがない。

でも、私は感じていた。

早川さんの歌い方だけでわかった。

この女性はこの男性を永遠に失っているんだと。


今となっては、昔住んでいた家の古いじゅうたんの匂いがする懐かしい窓辺こそが私から永遠に失われたものになっている。

姉の部屋の陽当たりのよい場所でレコードを聴くのが好きだった幼い私。あの頃いっしょにいた猫。ガラスに映っていたお気に入りの緑色のセーターの模様も思い出す。

この曲と共に心に刻まれている大切なものだ。

原さんが、

「あたたかな君の体のふくらみにぎゅっと体を合わせて永遠にいっしょに眠ろうよ」

と歌ったのを初めて聴いたとき、これは世界が終わるときの話だと、やはり歌い方とメロディでわかった。

私は私の世界が終わるときのことをまだ知らないのに、もう知っていることのように感じた。

それが太古からの記憶なのか、前世とかそういうものの思い出なのか、これまでに観た映画などがイメージさせるだけなのか、わからないけれど、確かに知っていると思った。

歌は、未知なはずなのになぜか懐かしいそんな体験を私たちにくれる。

心は彼らの歌声の中で踊り、広がり、やがて心の空間が大きく広がる。

歌う人は楽器だ。

その人が生きている毎瞬が、これまで生きてきた道の全てが声の中に入っている。

原さんのライブを何回観たかわからない。三十年の間だから、ほんとうに数え切れない。

それがいつのライブでどの場所だったのか、思い出せないくらいだ。

私は最初に飼った犬を亡くしたとき、そのまだ温かい大きな体にくっついて泣いていたまさにそのとき、この気持ちは原さんのあの歌と同じだと思った。

このまま永遠にいっしょに眠ってしまいたい、そう本気で思った。あの歌だけがそんな私の気持ちを包んでくれた。何の感傷もなく、ただ本当にそうだったのだ。この犬といっしょにこのまま眠って、もう目が覚めなければいいのに、お葬式もお花も水入れを片づけることもしないで、このまま、昨日までと同じ気持ちで、永遠に。

原さんがずっと介護していたお母さまを亡くしたとき、最後にお母さまに会いに霊安室を訪ねた。

眠るように安らかな顔をしているお母さま

の横で、原さんは普通に話していたのに、目からただただ涙を流していた。こんなすばらしい泣き方悲しみ方があるんだと私は思った。

やはりこういう原さんがみんな歌には入っている、そう思った。

「中浜屋」の屋上からの土肥の景色

◎ふしばな
パスポート考

一生忘れられない思い出として残っているのが、原さんと仕事でハワイに行ったとき、成田エクスプレスの中で、遠くを見つめながら、

「ハワイって、パスポート……いるんだっけ」

と言い出したことだ。

どんなことにも即答できる敏腕編集者の石原さんがしばらく黙った、そのくらい大変なできごとだと思う。

だれかに取りに行ってもらおうと思ったけれど、原さんの家には誇張ではなく引き出しが百個くらいあり、そのどこにあるのかわからないという　笑。

実際にそうだった。骨董の引き出しが壁一面に積み上げてあり、壁全部がいろいろな引き出しなのだ。

結局、原さんが自分で取りに戻り、一日半遅れてやってきた。巡るべきところ、スケッチすべきところは全てできたので、とてもいい絵を描いてもらえたのだけれど、あせったなあ。

アーティストってそういうものだよね、というようなできごとだった。

別の話だけれど、前にいろいろあってバイトの人が出張をドタキャンしたことがあって、男手なしで行くしかないか……となったときに、チケットの振替はできないけれど、すぐさまリスケすればなんとかなるのでは？　ということで、試しに別のバイトの子でもう辞めてしまったフリーターの男の子に電話して、

「今、どこにいる？」と聞いたら、

「家を出て電車に乗って、次のバイトの面接に行くところです」と言うので、

「まさか、今からハワイに来れたりしないよね」と言ったら、

「いいっすよ。今からパスポートだけ取りに行ってきます」と言って、ほんとうにパスポートだけ持って、着替えも持たずに空港に来てくれたことがあった。

フレキシブルな人ってこの世にたくさんいると思うけれど、ここまでだとすごい！

彼に手伝ってもらって行ったハワイの思い出は、すごく楽しいものとして残っている。

前にベトナムで、私のパスポートを見ながら入国審査官たちが何か真剣に語り合ってい

るので、なにか問題でも？　とドキドキしていたら、

「ヨシモト」「モト」「アジノモト！」

と言って笑い合っていたことがあった。

ゆるい〜。

さらに、私が息子を抱っこして息子のパスポートを見せたら、確かインドネシアで入国審査官がゲラゲラ笑って、だってこの写真赤ちゃんじゃん！　赤ちゃんのパスポートだ〜！　と言ったこともあった。まあ、実際連れているのも赤ちゃんなんだから、仕方ない。

その赤ちゃんが、今はひとりでパスポートを持ち、入国審査をしに歩いていく。その背中を見るといつも感動してしまう。とても感慨深い。


昔アシスタントをしていたとてもまじめな女性と、地方公務員のおじさんとベトナムに行ったことがある。

おじさんは「これがいちばん便利だから」と言って、45リットルのゴミ袋に荷物を入れて、上を閉じないで手に持って搭乗していた。表面に「○○市指定ゴミ袋」と大きく書いてあるやつだ。

世界各国で仕事をしてきたアシスタントさんは涙を流しながら笑い「ゴミ袋を持って搭乗する人、初めて見たんですよ」と言っていた。

今考えても、そりゃそうだろうと思う。


夫が昔、日程を間違えてアメリカで一度だけ一日だけオーバーステイしてしまったことがある。

そのたった一度のミスによって、その後何十年も、彼は空港で止められるのである。問

答無用で呼び出され、インド人の大家族とか様々な国を経由してアメリカに来たプエルトリコ人たち（差別ではありません）といっしょに別室で長い間待たされて面談をすることになる。

いっしょにいく私はずっと外で待っていることになる。

いろいろなところにメールをしたり、係官に伝えたりして、最近は無事に通過できるときも多いけれど、またいつあの状況が訪れるかわからない。

あの問答無用さを見るたびに、私たちは平和な国のパスポートを持っていて無邪気に海外に出ているが、ひとつでも「普通の人」の条件を外してしまった人の人生ってどういう気持ちになるんだろうと思う。

例えば、今はまだそんなことはないが「体にチップを入れなくては移動できない」とか「インフルエンザワクチンを打たなければ出国できない」とか「自己破産」とか、そんなことになったときに、国外に出ることを断念するか、日本に住むことを断念するかを強いられるかもしれない。

そんなときに、気持ちだけは柔軟に、身軽にいたいと思う。

那須のゾウさん

地中海の感傷（ガウディの影）

◎今日のひとこと

　こんなに長い間、人々に彼の建築物が愛されると、彼は思っていたのでしょうか？

　いや、不遇な状況にあった彼には決してわからなかったと思います。

　スポンサーであるグエル氏との関係も決して常に穏やかで良きものとは言えなかった感じがします。でも同じ敷地内に住んでいたくらいだから、本当にいいスポンサーだったんだろうなあ。グエル氏を亡くしてからの彼は残り火みたいな感じだったのでしょう。

　彼の作品は全て自然から着想を得た構造と

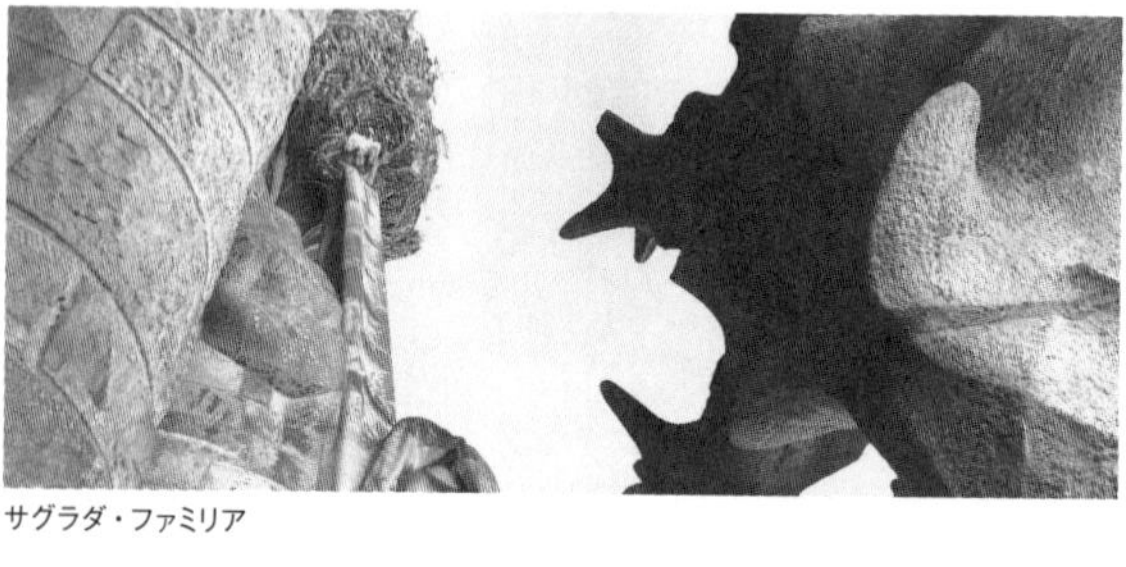

サグラダ・ファミリア

デザインでできていて、思想の核として常に自然の美を讃《たた》えることと、神への深い信仰からのみ、成り立っているように思えました。
　続けているということは評価できるとしても、サグラダ・ファミリアの彼が手がけていない部分を見るのは、彼のすごさと不在を思い知るだけのことでした。

　見たものをただそのままに造る。
　それだけのことが、どうしても人間にはできないのです。
　どうしても「自分」を入れてしまう。
　彼はどんどん、どんどん作品から自分を抜いていった。
　そしてそこには自然に限りなく似たものだけが残った。

　晩年汚い身なりで街を歩き、浮浪者と間違われたというガウディ。
　バルセロナには彼の影がいたるところに満ちていました。
　彼の考え方が街をまだ彷徨《さまよ》っていて、その足跡が見えるように思えました。

ラ・ペドレラの屋上

工事は続いている

細かい！

内部はこうなっている

サグラダ・ファミリアの入り口

◎どくだみちゃん

彼の家

ガウディが住んだ簡素な家の窓からの景色は、きっと当時とそんなに変わらない、そんな気がした。

小径、緑、風の音。

都会の雑踏から離れた小高い場所にある公園の静けさ。

ひたすら祈り、眠り、風呂に入り、食べて出す。窓の外を見る、都会の中で自然を感じる。ただそれだけのための家。

私は初めてそこで彼の生活の気配を感じた。

サグラダ・ファミリアやラ・ペドレラでは決して感じなかった気配だった。

簡素で、かわいい、自然のものが好き。

大きくて荘厳で打ちのめされるようなものよりも、足元の草や虫の完璧さが好き。

そんな彼の性質が伝わってくるような気がした。

この窓から、ただ繰り返し彼は見たんだと思った。

世界がそこにあるのを。

自然よりも偉大なものはないということを。

天井はとてもかわいい花の模様だった。

ガウディの見ていた景色

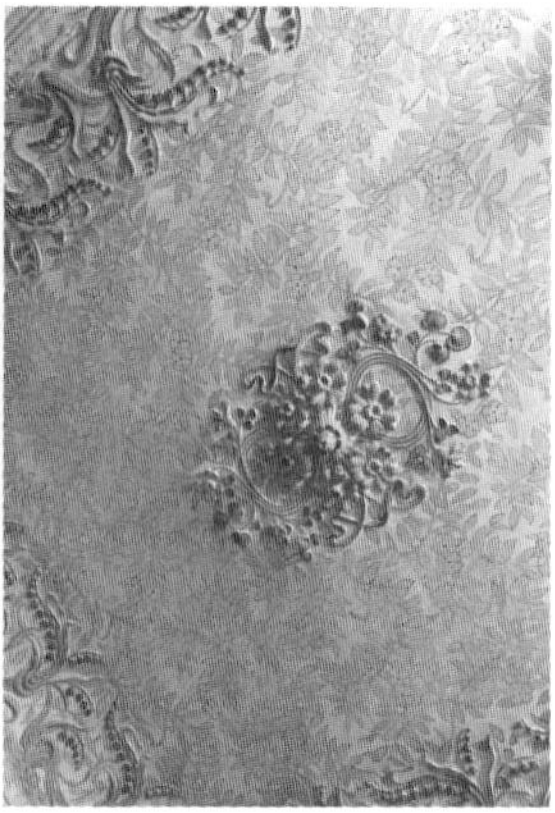

ガウディの家の天井

◎ふしばな

光代ラブ

角田光代さんとは同じ「海燕」出身で、同期の社員みたいな親しみがある。

彼女はいつも細くて小さくて、思い切りがいいのにどこかうじうじしているところがある感じ、でも決してゆずらない強さを持っている感じが、全て彼女の小説の登場人物たちにそっくりなのだ。

もちろん小説家は自分のことを書いてはいない。私だってそうだ。

でも、何かが滲《にじ》み出ちゃうんでしょうね。

角田さんが一番小説に似ているところは、その、人を見るときのまっすぐな目だ。

人の話を聞くとき、彼女はいつでも真剣だ。そして答えも一つ一つ、目を見て訴えかけるようにしっかり伝える。それを見て「こんな人をどこかで知っているなあ」と思うと、いつもそれは彼女の小説の登場人物たちだった。

バルセロナで出会った角田さんは柄物のスーツの下にノースリーブのとってもおしゃれないでたちで、靴は蛇柄だったりして、そのセンスに統一感があるったら！

いろいろな旅をして慣れているはずだし、いつも冷静で強くて賢いのに、さらにはボクシングの心得もあるんだから安心なのに、彼女がホテルの玄関で一人で人待ちをしているのを見たら、その細い肩が危なっかしくて消えてしまいそうに儚《はかな》く感じられた。

「ばななさんの中には小学生の男の子が住んでいて、その子は『ちんこ』とか『まんこ』とか言うとゲラゲラ笑って喜ぶ、そんな感じなんです！　そこが大好きなんです！」

ものすごくまっすぐな目でそう言ってくれたのは涙が出るほど嬉しかったけれど、レストランの中でそんな言葉をはっきりと言う、そういう君がいちばんすてきだよ、大好きだよって、私は思った。

角田さんと

いちょう並木のセレナーデ（お医者さんって何？）

◎今日のひとこと

小林健先生[*8]と対談をしました。それに伴う祭りのような日々も終わりました。

本を読んだ瞬間に、きっと私たちは役割を同じくして会うのだろう、そして意気投合するだろうと思っていたけれど、ここまでとは思わなかったです。

先生も秘書さんもお弟子さんたちも、昔から知っていた親戚のような友だちのような人でした。

先生の過激な意見には賛否両論あるだろうけれど、みんなが自分の体を自分で愛し守る

いちょう

ことに関して、よく考えて気づくきっかけになれば、なんでもいいと私は思っています。

私は人生の美しさを教えてくれる小林先生が大好きです！

私も小林先生も双方の家族やスタッフさん、お弟子さんたちも、困難な今の時代にみんな同じ目的を持って集っているのでしょう。

「人がその人らしく生きる手伝いをする」、それがほんとうの癒しです。

私の使命、私だけにできることは「観察し、正しい評価をし、それを文章にする」「読者が小説の中で憩うことで、その人らしさが蘇ってくるような空間を作る」ことです。

そして小林先生のそれは「体の声を代わりに聞くことで、その人の魂が持って生まれた本来の状態を取り戻させる」こと、「おかしな洗脳を解いて、これまでの知識と経験をフルに活かして、人々が本当に自分を愛し大切に扱う手助けをする」だと思います。

それは全く同じことなんだと思います。

お医者さんって、なんだろう？

それは人が死ぬときに、そばにいてほしいと思う人。人が死ぬときに手を握って温かい言葉をかけてくれる人。辛いことも多い病の床で「早く先生来ないかな」と楽しみにできる人。子どもが病気ならいつまでも立ち去らずに話しかけてくれる人。ただ、ただそれだけだと思います。

昔、あるジャンルでは世界一と言っていいほど有名なお医者さんに会ったことがあります。

彼の目はとても淋しげで、硬直していまし

た。温かみがまるで伝わってきませんでした。なんでそんなに淋しそうなんですかと聞いたら、彼は「そんなことはない」と怒り悲しみました。

私はとても失望したけれど、仕方ないかもと思いました。彼はとても忙しくて、みんなが彼に診てほしくて、そんな全てに疲れてしまったんだなと。

それから、あるカフナにロミロミを受けたことがあります。彼は私を罵りました。体を大切にしていない！　肝臓に負担をかけているから肌が黄色い！　毒素が出てケロイドができてるじゃないか！　夫より太ってるなんて最低だ！　それは決して愛のこもった怒りではありませんでした（その違いくらい、私にはわかります。昔ほんと〜に女癖が悪いしょうもない気功の先生に診てもらっていたことがあるけど実力は確かだったし、いつも『こら、忙しすぎだ！』と本気で怒りながら私の頭をポンポン叩いてくれたけれど、すごく幸せだった）。

でもすごく不思議なことに、罵られながらロミロミを受けている間に、なぜかもう一つ小さい小さい手が私をマッサージしてくれていたんです。

「このハワイの精霊がいてくれるからまだなんとかやっていけてるんだから、逃げられないようにしろよな！」と私は思い、もう永遠に彼に会う気はありません。

怒ってる人に体を触られたくないから！

ただそれだけ！　笑

お医者さんって、患者さんに会いたくてつ

いつい病院に来てしまう人のことです。

目の前に苦しんでいる人がいたら、優しい手で触れてしまう人のことです。

小林先生は、疲れてもいないし、無理もしていませんでした。普段は微食で、ハッピーなときには人の手がしっかり愛情込めてかけられたおいしいものやいいお酒はちゃんといただいて、人生をエンジョイしていて、きれいごとばっかりじゃない。

そして誰よりも人間で、誰よりも愛情深い。本物の大きなお医者さんでした。

こんなお医者さんがこの世にやっぱりいた、それでもういいです。

「悪気があるわけじゃない、いい人だ、忙しいから仕方ない」、こんなことをこちらが言わなくてもいいお医者さんが、ひとりでも増えますように。

死の床で「先生がきてくれたらもう安心」そう思わせてくれる人がひとりでも多かったら、みんな死ぬことが怖くなくなる。

産婆さんと同じようなものだと思います。

初めてあっちの世界に生まれなおす、この世とお別れする、経験がないそんな場面を専門家としてたくさん見てきて、サポートしてくれる頼もしい人。

生きている間は精一杯自分の心と体を健康に生かしてあげたい、そういう願いを専門的な目で見てサポートしてくれる人。自分では気づかない心身のひずみを教えてくれる人。

それだけでいいのに、なんで怒ったりいばったり忙しそうで、一回も目を見てくれなかったりするんでしょう。

これまでいばっているお医者さんに何人か出会ったけれど、心眼で見ると焼き物のタヌキみたいに金玉が大きくて椅子に垂れてふんぞりかえって見える。きっとタヌキの霊でもついているのでしょう……なんて言ったらタヌキがかわいそうですかね。

完全に魂が抜けちゃっているお医者さんも何人か見ました。話しかけても目が遠くを見ていて、虚ろでした。

「今迷い犬を道で保護してしまったので、三十分遅れても問題ないでしょうか？　あるようならキャンセルします」

と電話したら「はあ……そうですか。……それではなるべく早くお越しください」と虚ろな返事だけが返ってきた先生がいたけれど、こんな鈍い人に絶対自分の歯の神経を触ってほしくないと思いました。

超有名なクリニックの、すごく売れた化粧品を作った先生もそうだったなあ！　全く虚ろで、ここにいないのです。私が有名人だとわかったら、いきなり「今ここ」にギラギラ戻ってきましたけどね！　笑

そんな人たちに自分のひとつしかない大切な体を委ねたら、私の体がかわいそう。絶対にいけないと思います。

小林健先生と

◎どくだみちゃん

量子波

だんだん垂れ流しになってきて、仕方ないからおしめをして、寝ている時間が多くなって、気持ちもなんとなくおっとりしてきて、別れる時が近づいてくる。意外に急だったりドバー！　みたいな感じじゃない。

まあたまにびっくりするような、すごく血を出したり吐いたりするときもありつつも、それがまた治まり、穏やかな日もありながら、だんだん、近づいてくる。

体とのお別れの日。

それは人間も犬も全く同じ順番だ。

しかし！　犬は人よりアクティブに動くから、魔法のようにおしめを取ってしまう。

おしめを取るその高度な動きの技術があるなら、トイレまで行こうよ！　と言いたくなる。

十分間に三十ヶ所くらい粗相をするので、ずっとトイレットペーパーを持って歩いている。

私の靴下の裏も、服も、ソファーも、みっちり汚れている。

いつも怪しいしみやかけらと共に暮らしていて、きれいな敷物が一個もなくて、家の中の匂いのすごさにたまにちょっとオエッとなったりもする。

でも、そんな大発作が収まってスヤスヤ寝ている姿を見たら、一分でも一秒でも一緒にいたくて幸せを感じるから、濡れたり臭かったりしてもついつい寄り添って寝てしまう。

目が覚めると彼女はまだ息をしている。目と目を合わせてまた会えた、嬉しいね、とうなずきあう。

頭でっかちの私は、小林先生が量子波でヒーリングすると聞いたとき、もう少し濃いめの感じを思い描いていた。

ある明け方、老犬が必死にベッドに上がってきた。寝ぼけていた私は、別に垂れ流しでもいいや、あとでカバーもパジャマも替えればいいし、と思ってそのまま一緒に寝た。

私のお腹のカーブにぴったり寄り添ってきた彼女はホカホカしていた。

目が覚めたとき、お腹が温かくて、周り中がしんしんと光っていた。まるで遠赤外線のストーブの前に寝ていたようなほんわかした温かさに世界が包まれていた。

秋の光の中で、いちょうの葉が真っ黄色くキラキラ光っているような感じだった。

そして私たちは世界一安心していた。何も怖いものはない、こうして一緒にいたら絶対安心だ、そう思えた。

前夜の彼女の危篤に近かったひどい具合の悪さはすっかり治っていた。

私もチャージされていた。

また少しだけ、一緒にいられる時間が伸びた。

ふたつの命が力を合わせて、ただ愛し合っているというだけで、羽のように軽くほのかに明るくそして力のこもった温かい光を生みだした。

あの光こそが、癒しの波動なんだと私は体で学んだ。

彼女がこの世とお別れする前に、私の体に刻みつけるように、体ごと教えてくれたんだと思う。

犬が危篤でセミナーを一日休むと言ったら、秘書の粋なお姉さんが小林先生に私の犬の写真を見せてくれてしまった。あんな忙しい人なのに申し訳ない。

「私は犬じゃなくて、この人たちの家族として暮らしているの、宇宙一愛されているし、私も宇宙一愛してる！　でもそろそろ向こうにいく、そのときのことは自分のペースでゆっくりと決めていきたいから、ちょっと考えさせて」

とあなたのワンちゃんは言っているよ、と小林先生はニコニコしておっしゃった。

それが犬というものだと私は思う。動物は偉大だ。人間は決してかなわない。

小林先生とオハナちゃんからもらったその温かく小さい光、まるでクリスマスのキャンドルみたいな、寒い日にドアを開けて温かく明るい家の中に入ったみたいな、そんな光を大切に抱いて、小説の中に灯していきたい。

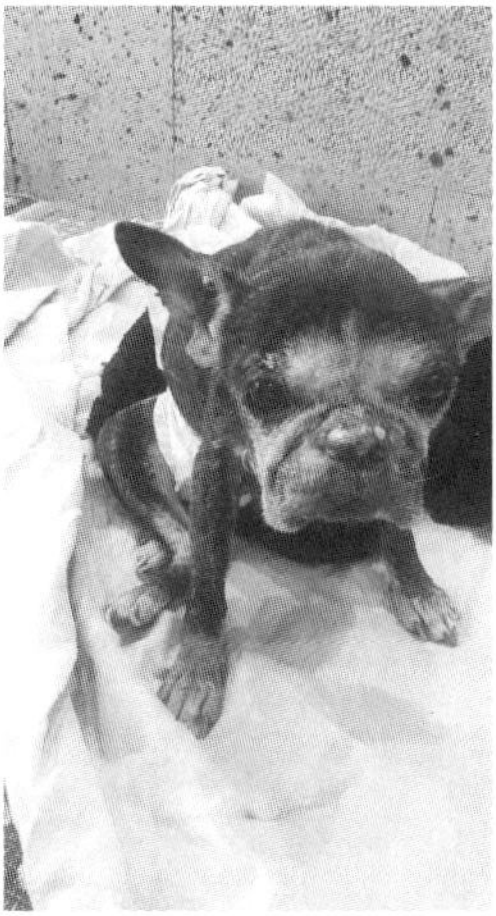
オハナちゃん

◎ふしばな

元気になったばな子

この仕事がどんだけの人の深く強く何となくばかばかしい念にさらされるか、考えてみてほしい。

小説家は小説を書くのが仕事で、他のことがしっかりしていなかったり人間的にできていないのは仕方がない。しかしまるで登場人物のように思われたり、何だかわからないが人生相談能力を期待されたりする。

一介の桶職人に高潔な人格を期待するということが不思議でならない。

でも桶を作り続けていると、その人の人間性に言い知れない深みが出てきて、何となく色々聞いてみたくなる。それと同じだと思って納得している。

小説を書くのが仕事で、あとは責任持てません、ヒーリング能力もありませんし、チャネリングもできません！　小説は降りてきませんし、主人公が一人で動き出したりもしません！　と何回口にしたかわからないくらいだ。

あと、インタビューにいらした方が感想を言ってくださるのはいいけれど、感想だけを伝えてしんと黙ってしまわれると、本当にどうしていいかわからなくて、すごく困る。

「一三八ページの三行目で、主人公がこう言いますよね。それから二五〇ページの四行目（そして朗読）、ここに、すごく救われました」

すごく嬉しい感想だけれど、私が書いたんだから知ってるし、救われてくれたのは本当に感無量なんだけれど、これはインタビューではないと思う。

でも私ももし故バロウズ先生や太宰治先生に会ったら、きっと人生相談してしまうだろうから、そしてついつい感想だけを伝えてしまうのだろうから、別にかまわない。

たまにトークショーなどすると、そのあとの質問コーナーに一個も小説の話が出てこないときなど、自分の職業がわからなくなりさすがに虚しくなるが、それでも読んでくれてのことだから、気にならない場合が多い。

私は自分の読者（春樹先生のおっしゃるところのマイピープル）が好きで好きで、ほんとうにサロンとかファンクラブを作って年に一回くらい会合をしたいくらいだ（暇がなくてできないけど）。

最低限の会費で、すごくおとなしい人も参加できる優しい場で、トークをしたり質問をしたりね。

よくわからないホラーなオリジナルグッズを配ったりね。

とにかく、そういう本業がわからないという不思議なことが十年、二十年と続いていくと、だんだんボディブローで効いてくる。

私は仕事でよく海外に行き、各国の読書をする層の人数が少ない分、読書に対して異様な熱心さのジャーナリストに接することが多く、創作について根底から考えさせられるような質問や、お互いがセッションをしているような厳しく楽しいインタビューを受けたりして、

「そうだ、私は小説家だった、人生相談家でもなく、スピリチュアルな人でもないいんだった」

と思い出す機会が多いので、やる気を保っていられるのだと思う。

日本ではほとんどの小説家がそこで苦しくなって潰れていく。

私や光代や春樹どんや龍さんや詠美さんや森先生（そしてはあちゅう……笑）がどんだけ強いか！　アスリートだったらオリンピックに出られるくらいのメンタルだと思う。

登場人物だけがさらされていてもこんなに大変なんだから、芸能人ってどんな気持ちなんだろう！　とよく思う。

輝くにふさわしい大変さだ！

人を救いたい、この世を少しでもいい場所にしたい、人の心のひだに溜まった苦しみを描くことで軽くしたい、その人らしいその人に気づいてほしい。

たったそれだけの願いや望みが、小説家に文章を書かせている。

人の世の不条理、苦しみ、ゆがみ。そんなものを描くことで、何かしらの希望も描くことはできる。主人公の失敗を読者はくりかえさないように。

しかしあまりにしみったれたアホらしいことが多いと、元気とか自信とかそういうものが次第になくなってくる。

アホらしいこと、燃えていられることがないことという状況は、人をだめにして、情熱を奪う。飼い殺しという言葉がしっくりくるかもしれない。

そんなものに影響されないと決めていても、小耳にはさむたびにちくっとくる。

それが微妙に小説から活気を奪う。


でも小林先生たった一人の生きざま（噂によると死にざまも……）が、なんだ、好きに生きていいんだ、自分の体は自分のものだった。他の誰のものでもないや！

と思い出させてくれた。


小林先生も丸尾孝俊兄貴も高城剛先輩も、日本にいたらへとへとに疲れてしまうから、海外に住んでたまにやってきて元気をくれるんだ。

そう思った。


日本に住んだままで私が、いつまでやれるのか、いつまでいられるのか。

この情勢ではそれはわからない。脱出せざるを得ない日が近づいている気もしている。

でも仲間もいるし、ちょいちょい外出しながら、なるべく長く日本にいて、故郷東京を大好きでいたい。


父が「君はすっかり自信をなくしていて、書くものも濁りがある」と最後の方に言っていたから、父に伝えたい。

「いちばんやんちゃでバカで元気だった頃の娘に戻ったよ」と。

「それはそれでどうかと思うねえ」という声が聞こえてきそう！

両親と孫

オリジナルでゆく

◎今日のひとこと

感じがいいこと、幸せなこと、ふんわりすること。

本当はそういうことだけ書いていたいのです。こんな疲れやすい時代に、もう世知辛いものや過激なものはいらないって。

でも、人がいちばん自分のことをよく考えるのって、「違うもの」を見たとき、「違うこと」をしてしまったときではないでしょうか？

ここに載せている写真は一応許可を取ったものばかりですが、文章に関してはあくまで

沖縄の海

ゲリラ的にやっています。誰かを評しても、そのことを本人に告げていない。カポーティのようにそれでけんかになってしまってもしかたない、それくらいの真剣なスタンスで書いています。

それは、自分の意見が正しいと思っているからではなく（全ての人の意見は多様な意見のうちのたったひとつです）、読んだ人にご自身について気づいてほしいからです。

「吉本さんこうなんだ〜、私はどうかな？」

それだけでいいのです。

あたりさわりがなく感じが良く何も引っからない、そういうものにもうううんざりしちゃったっていうのもあるけれどね。

高城剛先輩のトークショーに行ってきました。

昔から、高城先輩と私は人間の趣味が全く合いませんでした　笑。

彼が好きという人は、見事なくらいに私が苦手な人ばかりだったのです。きっと高城先輩と私も合わないいんだろうなあ！　笑　一回しか会ったことないけど、人が人の悪口を言っているとすごく悲しそうな顔になるような、まっさらの人でした。

たとえ趣味が合わなくても！　彼の賢さ、言っていること、彼の面白すぎる人生、楽しそうな様子が大好きです。

違うからこそ、いいんです。

普通、色々な経験を世界中でしてきた人は、そのことを人に言いません。言ったら面倒なことになるからです。

でも彼はある程度、いやそれ以上シェアしてくれる。

気づきなよ、といつも教えてくれる。

それは、きっと彼が「自分が書くことで、口にすることで、何かに気づく人がたくさんいるに違いない。それが少しでも世の中を面白くするに違いない」といつも思っているからで、その健全さを見習いたいものです。

そう、面白くて、ある程度てきと〜なのがいちばん！

まぶしい高城先輩

◎どくだみちゃん
さようならの日

うちのお母さんが死んだ日の朝、姉はいつものようにトーストを焼いて母に持っていった。

数時間前までしゃべっていたのに、母はすでにすんなりと死んでいた。

姉は「あーん」とトーストを母の口に持っていってみたそうだ。

そして「お母さん、マジ死んでる〜」というメールを私に書いた。

どこまでいってもいい味出している姉である。


あんなに清潔好きな人がおしめを受け入れたときには、もう心は遠くに去っていたのだろう。

「お父さん、死んじゃったね」と言ったら、

「そうみたいねえ、困ったわねえ」とだけ言っていた母。

いやなことからはとことん逃げ続けた。最愛の兄の死から、夫の死から、自分の死の恐怖からも、とにかくとことん逃げた。あっぱれな死に方だった。

最後にいっしょに過ごしたのは、上野にツタンカーメン展を見に行った帰りだった。

上野は、父と母がデートした街であり、私が両親と子ども時代を過ごした街でもあった。

私は母の部屋でマッサージなどしてあげながら意味もなくダラダラTVを観て、私の子どももなんとなく母のベッドの脇でiPadなど見て、みんなでいっしょにいた。

その頃はもう母は、毎晩かけて孫としゃべらせ元気づけていた私からの電話を取らなくなっていた。充電も面倒になったし、電話に出ること自体ができなくなっていた。

その夜の母はたばこを吸って、お酒を飲んで、TVを観て、上機嫌だった。

あの時間が最後の時間だったことが、すごくよく理解できるのだ。

いちばん幸せな時間だった。

母が入院するたびに、みんながお見舞いに行ってそんなふうに過ごした、それがいちばん楽しかったんだと母が思っている感じがした。

私はその日、仕事が忙しくて身体中がこりこりになっていたので、オイルマッサージを受けていた。

なんの予感もなかったし、母も別に伝えに来なかった。

母は「お姉ちゃんっ子」だったからだろう。あるいは自分でもすんなり死んじゃったことにびっくりしていたのかもしれない。

マッサージが終わって、会計を待ちつつ、お茶を飲みながらぼうっとメールをチェックしたら、そういうわけで母がもういないことがわかった。こうなっちゃったんだから、しょうがないなあ、私は一度立ち上がって周りを見回してみたけれど、誰に伝えても仕方ないので、また腰を下ろし、お茶を飲み、姉に返事を書いた。

世界はそのままだった。サロンの中に並ぶ美しいデザインの化粧品の瓶たち、立ち働く若いお嬢さんたち。隣のカフェからのお皿やカップの音。私だけが変わっていた。私は来たときとは違う、お母さんを亡くした娘になっていた。


その前の週、姉が私の家の近所に遊びに来て、

「なんだか最近お母さんが薄くて、このまま寝ているときに死んでしまうのではないかと思うんだ」

と言った。

「私もそう思う」

と私は言った。

みんなで近所の店で牛タンを食べながら、うなずきあった。

あのとき、もう母はほとんどこの世にいなかったんだろうなあ、と思う。

どうしてかというと、牛タンのその店に、私はあれからなぜか二度と行っていないからなのだ。おいしくていいお店なのに、行く気になれない。

私たちはきっと深いところではみんな知っていて、認めてしまったあの夜がいちばん、とてつもなく悲しかったんだろう。

そんな気がする。

バイオレットフィズって、もうほとんど死語みたいなカクテルだけれど、それを見ると母を思い出す。母はそのカクテルが好きだった。上野で飲んでいた。

あの紫、あの透明感、全てが母に似ている飲み物だと思う。

沖縄の浜の小さな花たち

◎ふしぼく　笑

睦稔《ぼくねん》さんと撮影からの帰路、車を走らせていたら急に「おおっ、止まって」と言い出した。

なんだろうと思ったら、なかなか開いていないてんぷらの店が今日は開いているという。沖縄におけるてんぷらって、衣が厚くて少し甘い、おやつみたいなものなのだ。

「みんなはちょっとここで待ってて」と言って、彼は降りていった。

どんなお店なのだろうと思って覗きにいったら、睦稔さんは書いていた注文書をさっと体で隠した。

「あ、ごめん、全くお金を持ってなかった」と言い出したので、出版社の方が「ここは私が！」と言って、払ってくださった。

注文を受けてから揚げるというてんぷらはなかなか揚がらなかった。

おおよそ十五分以上は待ったような気がする。

「遅いな～」と睦稔さんは少しいらだったりしながらも、美しい沖縄の伝説について語ったりしていた。

そしてできあがったてんぷらは5×6種類あって、一つ一つが巨大だったのである。大量に頼んだから、隠したんだな。

睦稔さんはニヤニヤしながら、

「ふふふ、ひとり全種類一個ずつ食べるのがルールだよ！　僕はお腹いっぱいだから一個で充分だけどね」

車の中は超油臭くなり、私は窓を開けた。

「あはは！　窓を開けたな！」と睦稔さんは笑った。あのな～。

ものすごくおいしかったけれど、大きかった！

私たちはもちろん食べきれなかったので、知人への差し入れにてんぷらを分け、それでも精一杯食べた。

やさい天に至っては、一応野菜と書いてあるが、キャベツと人参と玉ねぎが入った「衣」だった。

「これは、少なくとも『野菜』じゃないですね！」と事務所のいっちゃんが言ったくらいだ。


目的地に着き、車を降りたみんなは揚げ物で喉が苦しくなっていた。

「これは、さんぴん茶と合わせるべきだったよね。さんぴん茶は油を流してくれるからね。沖縄ではさんぴん茶とてんぷらはセットなんだよね〜」

　睦稔さんは言った。

　私たちは苦しかったので、さんぴん茶を買ってきた。睦稔さんにもあげた。

「うん、これだ、これ。やっぱりさんぴん茶は油を流してくれるから、てんぷらとセットなんだよ！」

　と彼はかっこいい笑顔で微笑んでいたが、さんぴん茶程度では流れないいっつーの！　とみんな思っていた。

　いい味出しすぎてる！


　しかし、高城先輩が講演の中で「エアコンが普及したとき、人類の労働時間が変わった。これは労働者から効率よく搾取できる権力者の望みであったのだ」と言い出したとき、ドキッとした。


　というのも、睦稔さんがボクネン美術館の前で「沖縄の人たちは決して怠け者ではなかったんだよね。ただ、昼間暑すぎるから、外で働くと体を壊してしまうでしょう？　昔は皆、朝早く起きて働いて、昼間は暑すぎるから家や木陰でできる作業をして、それから夕方また数時間働く、というサイクルだったんだよ。それが理にかなっていた。エアコンが登場してからおかしくなったんだ。みんなすごく時間を守るようになったし、なんとなくというのがなくなった。美術館のスタッフも本当にきちんとやってくる。僕はもっとてきとうでいいんだけどさ」と語っていたからだ。

　高城先輩が知恵で勝ち取った情報を、睦稔さんは体で、そして観察する力で知っていた。どちらもすばらしいことであり、そして真実なのだと思う。

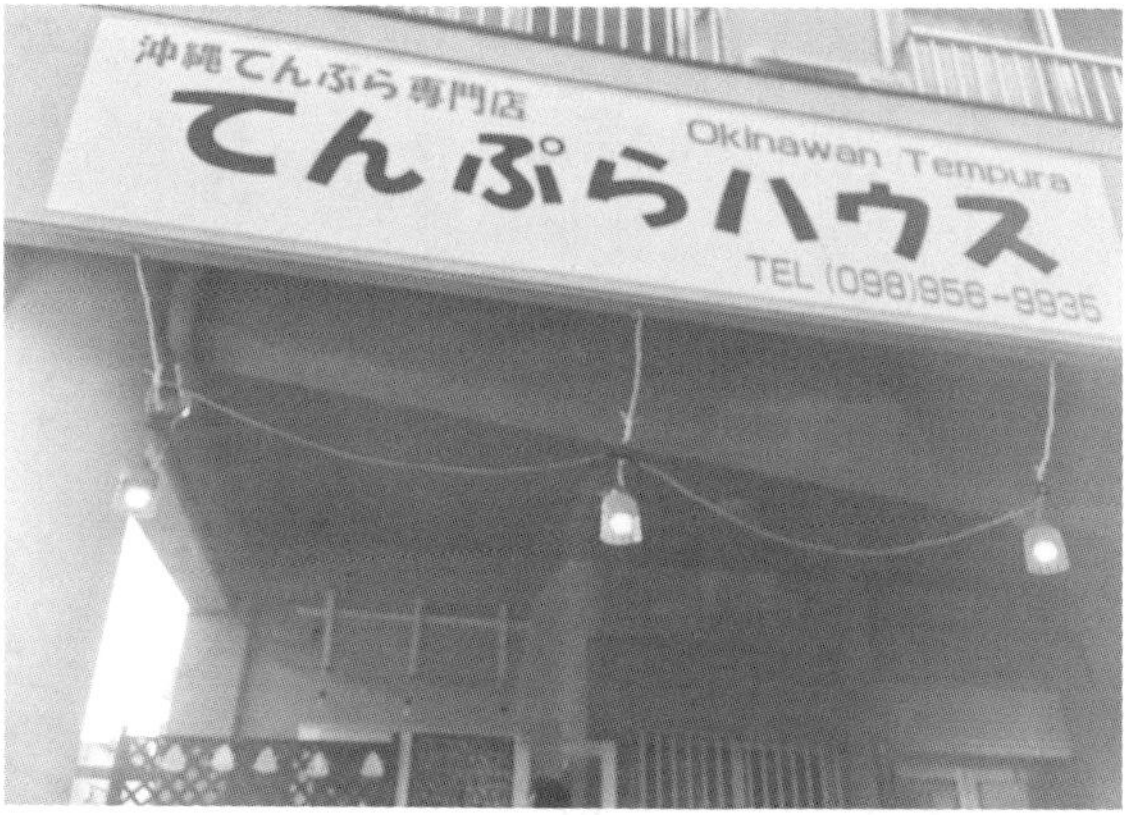

睦稔さんお気に入りの店

なんくるないさ〜

◎今日のひとこと

「海の向こうに大きな島が見えたら、どんなにここに愛する人がいても、単純にどうしても行ってみたくなるのが男というもの」だと、睦稔さんは言いました。伊是名《いぜな》島から本島を見ていた自分もそうだったと。

かっけ〜！

沖縄の離島ではどんな中学生も、高校になったら大きな島に通うしかない。

そして大学になったら島を出るしかない。

若くしてみんな大人びているのは、そして男女の差がすごくはっきりしているのは、い

沖縄の不思議な植物

つも「大人になること」にさらされて育っているからでしょう。

激しい毒を持つ植物、くりかえしやって来る大きな台風、サトウキビ畑の中に普通にいるハブ、下手に泳ぐと出会ってしまい泳ぎながらも後ずさりするしかないハブクラゲ（睦稔さんはハブクラゲがいそうな場所とか感じっていうのがあって、それがなければ大丈夫って言うけど、都会人にはとてもわからないよ〜！）、そして基地の存在。

善かれ悪しかれそういうものが生活の中にあるからこそ、沖縄の人たちは「人間としての力」を持っているんだなあと思います。

どんな生き方をしても自由だし、時代の流れというものは確実にある、それは当然です。今東京で主流となっている薄〜くて詐欺っぽくて表面はきれいな雰囲気もありだと思います。

でも私は沖縄の人たちに会うと「目上の人の言うことは素直に正しいし、頼りにしてもいいんだ」ということとか「欠点のない人間はいないから、お互いに認めあおう」とか「怒ったらけんかしていい」とか「しょーもねえやつだけど、死ねとはやっぱり思わんね」とか、そういう普通のことを思い出すのです。

あたりまえのことだったのに、なんで忘れていたんだろう？　みたいな。

睦稔さんと歩いていたら、目の前にお腹の青い鳥と、茶色い鳥がいました。

「ほら、オスがメスの気を引いてる、メスは見てないふりして絶対見てるんだよね」

と言いました。

実際メスはチラチラとオスの様子をうかがってます。

オスは急にハマヒルガオの葉っぱを引っ張りはじめました。

「求愛しながらも、餌に気を取られちゃったんですかね？」と私が言うと、

「違うよ、あれは、自分はこんなに力が強くて、いい巣を作る材料を集めてこられるよってアピールしてるんだよね」

と睦稔さんは言いました。すごいなあ、自然界のこと何でも知ってる。

私が都会の路地でおいしい店を見つけたり、おいしいものを作る人の顔を見分けられたりするのとおんなじだ！　と思いました。

そして鳥でも人でも男の子ってバカ！　笑

個人的には「沖縄の夾竹桃《きょうちくとう》の樹液はかなりの毒を持っていて、米兵がバーベキューをやるのにこの枝でシシカバブを作って、何人か死んじゃったらしい」と睦稔さんが淡々と言ったのがおかしかった。笑っちゃいけないけど。この生き死にを語るときの人々の奇妙なおおらかさが、いつもドキドキするような、自然の多い南国特有の気風！

一生忘れない、背が高く細く赤い小山が草むらにあって、

「これって何ですか？」と私が指さしたら、

「それ蟻塚、もし転んで手をついたら、食べられちゃうかそれに近いことになるから気をつけてね～」とガイドさんに笑顔で言われたウルグアイの午後を……。

睦稔さんの版画は、印刷してしまうとかな

りわかりにくいのだが、とにかく立体なのです。写真よりも映像に近いのです。

私は玄関に彼の版画を一枚飾り、そしてトイレにいつも彼の版画カレンダーを貼っていて（ごめんなさい、トイレで）、何年間もずっと見ていたらわかってきたのです。

「彼に見えているものはあくまで立体で、しかも女神とか本当に見えてるんだ！　薔薇からは香りがしてきているんだ！」

ということが。

彼に見えているすごいものに、彼の技術が追いつかない。だから彼は彫り続けているんだ！　ということが。

というのも、あるとき、いきなり版画が立体として目の前に立ち上がってきたんです。風も匂いもしてきたから、4Dなのか!?

そして、すごく具合が悪いときに彼の版画を見ると、絵の意味がすごくよくわかって、絵から何かが伝わってきて、元気が出てくるのです。

彼の絵はカテゴライズされやすいけれども、実は全然違うエネルギーを持っている。これからも彼が彫るたびにどんどんそれが表に出てくるのですから、楽しみです。

できれば印刷ではなく、生で見てほしい。ボクネン美術館では常に大きな原画が見られます。私が言っている立体の意味は、原画を見ればすぐにわかります。

彼と同じ時代にいられて良かったなあ！

すばらしい睦稔さんの版画

睦稔さんと

◎どくだみちゃん
仕方ないづくし

忙しい人というのは、私も含めて、どうにも予定が立てられない。

そのことに最近気づいた。

遅いけど、長い期間、親を看取ったり育児をしていたので仕方ないかも。

何月何日の何時何分にどこにいく、という当たり前のことが、どうにもできないからこそ忙しいのである。

だから「行けたら行く」とか「前日に連絡して」としか言えない。

それが本業を大切にするということだと思う。

もし明日までにどうしてもこの章まで書き

たい、となったら出かけられない。

それは神様が決めた時間だから、仕方がない。

だからどっちもとても忙しいおじぃこと垂見健吾[*9]さんにもなかなか会えない。昔沖縄の本を作ったときにたくさん共に旅をして以来、何年かに一回くらいしか会えない。

なまじお互いを大好きなので、二人きりで会うわけにもいかない、酒が入ってうっかりデキてしまったり（デキないけどさ）しないとも限らないから。

彼は常にモテすぎるほどモテモテなので、仲良しの私はどれだけの女性から嫉妬の炎を浴びたかわからない。

しかし仕方ない。男女としてかどうかはともかく（っていうか何もない）、ツーカーなのは仕方ないのである。

ツーカーというのはほんとうにツーカーだということで、目と目を見ればわかってしまう。こればかりは武士と同じで、努力ではどうにもならない。自然なことだ。

おじぃとたまに会うと、おじぃの日常であるところの沖縄酒場サーキットに参加することになる。お店の味をちょっとずつ楽しんで、何軒もはしごする。

沖縄の夜のお店の人たちはみんなおじぃが大好き。笑顔ばかりを見ることになり、幸せなお酒だ。そんなことをずっとしていたら肝臓にも胃にも悪いからもちろん休んでほしいけれど、それが彼の人生の喜びと力の源なので、バランスよくうまく回ってくれるように祈るばかりだ。

お店は、いつでもそこにあって人々を待っ

ていてくれる。

やっている人は退屈だったり、資金繰りが苦しかったり、全ての準備が面倒だったりするときもあるでしょう。

でもただそこにある。

それがお店というものだ。

そこにおじぃといっしょに顔を出すと、お店の人がパッと笑顔になる。

その瞬間に、おじぃの沖縄に触れることができる。

おじぃのモテモテ人生にはいろんなことがあるだろう。

でもおじぃは決して人の悪口を言わない。言うときは面と向かってけんかするときだけだ。

大きなところからはお金をたくさん取って、小さなところにはどんどん面倒みてあげている。

その深み、重み、切なさが彼の写真にみんな出ている。

切ないのは仕方ない、辛いことがあるのも仕方ない、お別れがたくさんあるのも仕方ない。

でも生きている限り、生きていこう、今この時間、共にいることを愛そう。

それが沖縄だと思う。

おじぃと「うりずん」で

おじぃと「バカール」で

◎ふしばな

ゆかちゃんのポーチ

　ものを創る人にとって、いちばん大事なのは「気」だと思う。

　良い気を本人が保つことによって、しだいに人間はそこに集まってくる。

　これはインチキ科学でもなんでもなく、普通のことだ。

　下卑《げび》た強い気、勢いのある下品な気にももちろん人は惹きつけられる。でもそれは長く続かない上に代償を伴う。

　買う人にとっていちばん良いのは、自信を持って良い気で素直に創られたものだ。

　高級ブランドはそういうものをしっかりと集めて、スパイス程度には取り入れても品のない気を徹底的に排除しているからこそ、うまくいくのだと思う。

　犬の看病疲れでへろへろになってスペインに行って、すてきな広場の見えるホテルの部屋についてもまだ実感がなかった。

　荷物を整理して、ゆかちゃんが昔創ったふたつのポーチを窓辺に置いたら、そこは急に涙が出るくらいきれいな空間になった。


　ゆかちゃんの笑顔が好きだ。

　控えめで、楽しいこととかわいいことが好きで、何ものにも媚びてなくて、強くて、穏やかで。いつも自作の、色とりどりの夢みたいな服を着ている。

　悲しいときにはちゃんと悲しい顔をして、嬉しいときには思い切り笑う。そんな人柄が作品にこもっている。

　そんなことを思い出した。

ゆかちゃんの作品[*10]の一押しはきっとバッグなんだろうし、最近はあまりポーチを作ってないけれど、身の回りのものは色が少なくシンプルなものばかりの私は（もちろんバッグもたまにすごく好みのものがあるし、夏はかごバッグを愛用している）、バッグの中にたくさんの夢をくれる彼女のポーチがすごく好き。きらめきがいっぱい詰まっているような感じがする。

スペインの窓辺にゆかちゃんのポーチ2つ

鶴光でおま〜

◎今日のひとこと

今思うと、なぜ私がこんなにも「メルマガ界の鶴光」を目指しているのか、それは幼少期の土曜日に聞く「鶴光のオールナイトニッポン」だけが人生の重みを忘れさせてくれたからだと思います。

そしてギャグで満ちているのに人生の重みしか感じない　笑、鶴光さんとは真逆な、自《ジ》切《キル》俳人《ハイド》こと北山修先生のオールナイトニッポンも大好きでした。すがるように聞いていました。

きっとその二つを足して二で割ったものが

1年が楽しい「ぺぺぺ日めくりカレンダー」

人生なのかも!?

慰めになって明るけりゃ癒されるというものでは決してなく、私は今でも、何か本当に苦しいことがあったとき、自切俳人の「夢」という歌を歌っていることがあります。

「今私の夢は壊されねばならない　今あの人の夢が壊れたように

絶望の中を生きていくには　気休めの夢より自分がほしい」

(『夢』　作詞　北山修　より抜粋)

なんて悲しい歌詞でしょう!

でも私はこの歌が好きでした。なぜかどん底からの新しい勇気が湧いてくるのです。

そんな暗い私だからこそ、きっと鶴光の明るいエロに癒され、たった一人で迎える実家の日曜日の夜明けを幸せな気持ちでいることができたのでしょう。

ずっとくっついて生きていた姉が進学で実家からいなくなり、親友が引っ越し、母は病気になり、父は人生最高に忙しくなり、姉がつないでいた家族の心はバラバラに。急に一人ぼっちになった私は死にかけた猫とプラスチックの魚の人形にしがみつくように寝ていました。

あの時の自分を「私の作品が」「鶴光のオールナイトニッポンのように」抱きしめてあげられたら。それが私が作家になった理由かもしれません。

これを知ったらきっと、鶴光さんもびっくりですね!

飛行機の窓から

◎どくだみちゃん

哀しい予感

大好きな本の中に、

「トラブルの予感がすることは必ずトラブルになる」

みたいなことが書いてあったのを覚えている。


昔はそれを否定していた。

いや、それは人智で変えることができる、だとか。

何か救いの手が差し伸べられて、全てが変わる気がする、とか。

そんなことを思っていた私は、きっと、どこかにぎゅっと力を入れていたと思うのだ。

今はすっかりおばさんになってしまい、

「あ〜、間違いないわ、こりゃ」

と思うようになってしまった。

予知能力でも気配を読んでいるのでもなんでもない。単なる推理や推測である。

「こりゃ、私がそう思ったからそうなってしまうのではなく、自然の摂理でトラブルになるんだわ〜」と。

すごく若くて傲慢だったときは、現実は自分で作っているのだから、私がそう持っていってしまったんだ、と思っていた。

でもどうも違うようだとわかった。

春から夏になるときに陽ざしが強くなっていくように、秋の最初の日に急に空が高くなるように。それは自然なことで、予測がある程度つくことなのだ。

海鳥が群れている下に魚の群れがいるね、みたいなこと。

でもトラブルにならないと切り離せないこともあるから、そのトラブルを起こしたいという深層心理自体が自然の摂理だったりすることだってある。

木の実が熟れて落ちる。猿来る。鳥来る。順番に食べる。

このくらい、当たり前のこと。ただ、自然なこと。

だから何でもかんでも放っておけばいいんだけれど、人間ってつい過干渉してしまうもの。

しかし、例えば、

このサボテンの植え替えにどうも失敗して、枯れる気がする。でも今日植え替えてしまいたい、明日は忙しいから……。

これは、なんとかなる場合が多い。

植え替えを中止する。

土を吟味する。

そんなことをひとつひとつやっていくことで、かなりのところまでトラブルを回避できる。

人間同士だと、

「相手が変わる」ことを期待するとか、

「自分の意思で流れを変えられる」と思ってしまうから、

そこに変なこだわりを持ってしまうから、意固地になってしまうのかもしれない。

いつかもう少しゆるくなって、ああ、これ

は景色だと。

　自然の織りなす美しい世界が目の前にただ展開しているだけだと。

　土の中にはミミズや微生物が絶え間なく動いて、世界を豊かにしていて、そこに根を張った植物はすくすく育ち花が咲き実をつけて枯れ、またその土の中で春を待って芽吹くんだなあ、と何もかもに対して寛容になれる、そんな気がする。

　人間もまた、熟成していくのが自然だとしたら。

クリスマスのごちそう温野菜

◎ふしばな　そんな気がすることは、必ずそうなる

昔、イタリアの温泉に家族で行った。

高温の温泉水の中でも生きられる藻類がやたらに浮いており、それがまた温浴の効果を高めるということだった。

　夫は目をキラキラさせて、この藻類には何かがある気がする、日本にはいないのだろうか？　と言いながら、硫黄臭いそのドロドロした緑のものを愛おしそうに手に取っていた。

　周りの人たちは優雅に温泉プールに浸かりながら、談笑していた。

　空は青く、温泉は程よくぬるく、きれいな湯気が空間に満ちていた。

しかし夫は藻しか見ていなかった。

私はそこに何か決定的なものを見た気がした。

彼にはこうしたことが必要だ。本業のロルフィングだけではなく、このようなことが！

その頃から、なんとなくこうなるのではないかと思っていた。

夫のお父さんはよく謎の装置を作っている。とても写真は載せられないが、ブルーベリーを蒸留してエキスを作るものとか、ゴキブリを追い込んでバーナーで焼く装置とか。

ふたりとも研究者だから、研究者魂やその情熱の炎が消えることは生涯決してないのだ。

今、夫はとても幸せそうに味噌や醤油を作っている。

部屋のストーブの前ではいつも何かドロドロしたものが発酵している。

味を極める気はあまりないらしい。菌が活発で美しく発酵するかどうかが大切らしい。

楽しそうな彼を見て、本当に嬉しい。

これが家族なんだと思う。

一人暮らしの対極にある、寛容な気持ち、なんだかわからないけれど自分にないものが勝手に家の中で広がって自由を感じるこの感じ。

家族なんて、夫婦なんて、こんなんでいいのではないだろうか。

いぶりがっこ

負性の女王健在！

わからない人には全くわからない内容なので、そういう方はなんか面白そう、くらいに読み流してくださいね。

◎今日のひとこと

戸川純さんのライブをこの三十五年に何回か観たことがあります。

楽屋にも行ったことがあります。

でも、あまりにも痛ましい様子で、声をかけることができませんでした。

この人はこれからも生きていられるのだろうか、そう思ってドキドキしました。

実家に来たミチロウさんに挨拶をし、あん

戸川純ちゃんの新しいCD

な野ばらをかばい続け、町田康さんに酔っ払ってチューされた輝かしいパンク人生を送ってきた私なのに、どうしても彼女に声をかけることができませんでした。体に歌がしみこんでいるくらい、若いとき聴き続けていたのに。

あの頃活躍していた人で、今はどうにも元気そうに見えない、そんな人に触れたくない、淋しくなるもの。そう思ってしまうはずなのに、彼女の新しいアルバムを聴いたとき、

「またこの歌が活きる時代が来た！」

と心で叫んでしまいました。

そのくらい、今の時代にフィットして、より力強い再録。そのセンスも何も間違ってない。古くさくもない。Ｖａｍｐｉｌｌｉａがまたいいんですよ。

涙が出るほど、神々しいほど、彼女は生きていた。

Ａｍａｚｏｎのレビューを読んで、単なるベスト盤ではないと感じた人々の驚きと喜びを感じたとき、そう思ったのです。もしかしてこれはすばらしいことになっているのではないか？　と。その通りでした。

全く、妥協のない、鍛錬され極められたその作品とヴォーカル。

彼女が人生にも歌にも創作にも全く怠けていなかったことがひしひしと伝わってきました。

そう、彼女にしか見えないもの、歌えない歌。それがあるのです。

それがある限り、彼女は歌うんです。

それが人生なんです。

最近のライブに行ったらやっぱり体はヨレヨレで出てくる彼女だけれど、健在なギャグセンスとすごい歌声、大迫力！

同じ歌でも昔よりもずっとずっと深みがありました。

それは彼女の「死んだ方がマシだ！」と思って泣いた夜の多さを物語っていました。それで歌が深くなるなんてこの世はなんて罪でそして美しいのでしょう。

この人のライブがこんなふうに満杯になるうちは、こんな天才的なヴォーカルが日本に（かろうじてなくらい大変そうだとしても）育っているうちは、まだまだこの世はいいところだとしみじみ思いました。

裏磐梯の小さな池

◎どくだみちゃん
闇は闇のままで

私は自分のオタク〜な見た目も、ファッションセンスも、全く東京のクラブにそぐわないタイプだったから、古くさい曲を求めてアングラなライブハウスにばっかり行っていた。

ゴールドとかイエローとかカルデサックとか（あまり関係ないけどジュリアナも一回だけ行った！）、名前も曖昧なくらいのそういう場所に三回ずつくらいしか行ってない。しかも人に連れられてビクビクしながらムリくり。そしてそこに野口強さんがいると毎回すごく納得した……。

関係ないけれど、野口さんと佐内正史くんはなんだか似ていると思う。必要以上にモテすぎるセクシー光線が出ている感じが。

そんなにも遊んでない私、あの時代の若者とはとても思えない。

いや「見た目が大事で異性への興味が全ての夜遊びシーン」では、全くやる気がないのが悪い。

むしろ動物園に行った方がモテモテだろうしモテたいだろう。オットセイに欲情されて襲われそうになるくらいだから（多分魚を持っていたからだと思います）。

でも、あの頃にしかなかった「さあ夜が始まるよ、夜は長いよ」という感じはとても懐かしい。

いいじゃないか、夜で。暗くて。

朝になったら消えてしまうものをひたすら追い求めようよ。

今しかないキラキラしたものを、眠気とか健康とかそんな言葉で汚さないでよ。

そのような気持ち。

今夜は永遠だと毎日思えた、笑ってばかりいた日々。

島田雅彦先生は私に告げた。

「君、締めのラーメンは太るからもうやめなさい」

そんな時代。

青春が懐かしいという話ではない。

もうマーケティングとか、売れているように思えるものとか、健全でどこに出しても恥ずかしくなくて炎上もしないものに、あたりさわりのないものにすっかりみんな飽きた。

暗い歌を、根暗な考えを、夜の闇にうごめく力を、また解き放っていいんだ！

そんな雰囲気が今またやってきている気がする。

夜遊びのことだけではない。

そこにしかもうクリエイティビティはないのではないか？

あの青く幻想的な深海の魚たちみたいな世界にしか、秘密のある気配にしか、時間が伸び縮みする感覚にしか、希望はないのではないか？

そう思う。

敬愛するホドロフスキー監督と私。私のタロットの本が訳されてほんとうに嬉しい！　占い師に戻ろうかな！　もうすぐ映画の新作[*11]も公開されます！

◎ふしばな
こんなに笑ったの久しぶり

「助演男優賞」[*12]あまりにもPVが面白すぎて、詞が頭に入ってこないくらいだった（それじゃダメなんじゃ……）。

もう、これはただの真実。現実。

ロゴのところまで真実。

R‐指定[*13]さんってほんとうに才能あるな〜と思う。

超かっこいい般若さんも極めて似たアプローチで現代の音楽業界を表現していた。

こういうことをできるのはもはやラップ界だけかもしれない。なによりも真実を見たい、そういう人たちでないと。

ラップの人たち、マーケティングの罠から逃げ切ってほしい。

喜んで「フリースタイルダンジョン」を観ている私にはそんなことを言う資格はないかもしれないけれど。

しかもDOTAMA[*14]が好きなんてどこまでオタクなんだろう。

野崎りこん[*15]はすごいよって言っていた菊地成孔さんの偏りにはかないませんが！

しかし私は、実は、アナーキー[*16]が好きなんです。今にも丸尾兄貴のリビングにいそうなあの方が。あの方がメジャーデビューしたとき、そう来たかと思った。ある意味ブレない決断だなあと。

どうなっていくか目が離せないけれど、そんな心配いらないくらいなんでも乗り越えていける希望と実力がある人だ。

どの世界でも結局は実力と才能を磨く絶え

間ない努力だけがものを言うのだ。

偉大な人生

◎今日のひとこと

一人の人が、ただひたすらに作品を創り、病に倒れ、この世を去っていきました。お父さんが違うふたりの娘に、たくさんのすばらしい才能とエッセンスを残して。

合田佐和子さんは、とにかく才能溢れる人でした。

人生を楽しみそして苦しみ抜き、自分の作りたいものにひたすらに向き合って、自分が美しいと思うものをひたすら描き続けた人生でした。

あまりにも集中してなにかを創ると、いつのまにかその作品は他の人を自然にひきつけ

うちの子の足に触ってくださった合田佐和子さん。十二年前の私、若い！

るようになる。

　そういう自然ななりたちで、彼女の作品は多くの人を魅了し、今も畏敬の念とともに全く古びることなく存在しています。


　私は佐和子さんのおじょうさんのノブヨさんの作品が大好きで「デッドエンドの思い出」「彼女について」など、数作の表紙の絵をお願いしました。ほんものの奇人変人である美しい彼女と過ごすのはとっても楽しいことだったけれど、なによりも彼女はその指で触れたものをなんでも作品にしてしまうやはり天才で、言葉であれこれ言わなくても、私の小説のテーマをコラージュによるたった一枚の装画で完璧に表現してしまうのです（小説、いらないいんじゃって何回も思いました！）。

　おそるべき才能の親子だ！　と思うんだけれど、おふたりに会うといつも食べ物の話や不思議な療法の話や騙された話やエジプトがすごかった話をのんびりとしていらして、毎回ガクッとなりました。


　芸術にはジャンルを超えた芸術独自の言語がある、と私は思っています。

　芸術の道の中を歩みながら、それぞれの個性やジャンルの違いがあっても、どのくらいわかっているか、どのくらい発達しているか、その人を見て話しただけで一瞬でお互いがわかる。

　だからあまりやりとりをしなくてもお互いがいてくれるだけでいい。

　これは多分、どの仕事のジャンルにもあることだと思います。

編集者同士とか　笑。

配線技師同士とか！

私たちに今知らされる情報は多くが「広告」によってコントロールされているので、日本の中にどんなにすごい作品があっても、あまり多くの人が知ることはありません。逆にいうと、知らされないようにされているということでもあります。

それなので多くの芸術家は経済的に不遇な状態ですが、やがてまた海外からも国内からも「旦那衆」「パトロン」の制度が立ち上がってくるでしょう。なぜならほんとうに意味のある人生を送っているタイプのお金持ちは、短い時間で対等に魂をチャージできる「芸術」から力をもらわないと生きていけないからです。

それでも、佐和子さんの展覧会とか、早川義夫さんのライブとか、岡本太郎さんの記念館とか、そういう「知る人ぞ知る」場所に行ってみると常に人がたくさんいて、新しくその人を知った若い人も確実にいて、心を熱くしながらその場にいるのを見ると、まだまだ日本は大丈夫なんだと心からほっとします。

そもそも渋谷の駅に岡本太郎さんの死後にメキシコの建設途中で中断されていた廃墟みたいなホテルで発見された壁画「明日への神話」が登場したとき、ここには希望しかないなと思ったのです。

もうご高齢だった太郎さんのパートナー敏子さんが、ほんとうに太郎さんの作品かどうかを確かめにメキシコまで行って、その壁画に出会った瞬間の話を、私は帰国した敏子さんからうかがいました。

　敏子さんの目はキラキラしていて、あれは本物だった、愛する人に再び出会えたのだ、多くの人に見てもらえるところを見つけたい、と語っていました。それからしばらくして敏子さんは亡くなりました。

　だから渋谷の駅に行くたびに胸がいっぱいになって、よかったなあと思うのです。

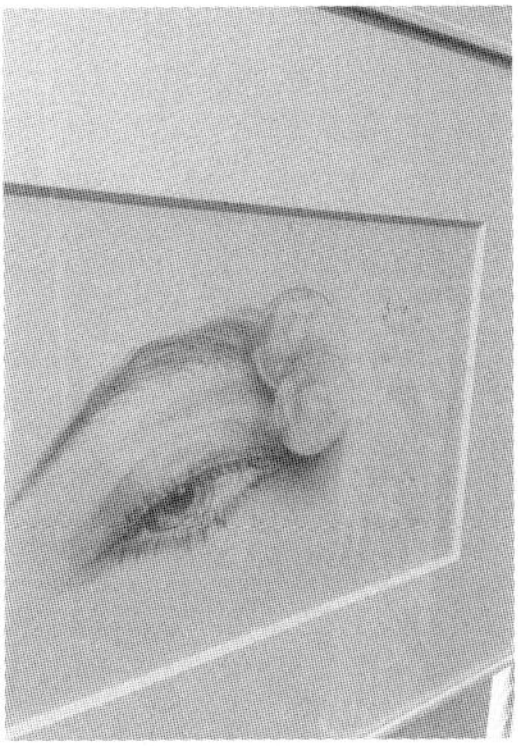
うちにある唯一の佐和子さんのスケッチ。カレンダーが写り込んでいるけど、それもまたすてき

◎どくだみちゃん
アウラ

　これまで国内外の美術館で、あまりにもすばらしいたくさんの絵を見てきた。

　原画の発する力というのはやはりただごとではない。

　ゴッホの絵の前に立つと、ほんとうに時間が飛んでしまったりする、気づいたら三十分くらい経っている。

　いろんな国で名画を見た。ダ・ヴィンチ、モネ、クレー、ピカソ、ダリ、ボッティチェリ、カラバッジオ、ゴヤ、マティス……時間と場所を忘れる。いつまででも見ていられる、みんなそんな感じだ。

　あの日、松濤で佐和子さんのこれまでの作

品が順を追ってたくさん公開された展覧会があり、道に迷いながらオープニングにたずねたとき、敏子さんも佐和子さんもまだ生きていて、目の前でにこにこしていらした。

このような偉大な人たちと会えて、自分を認識してもらえていることがどんなにかこの孤独な道のりを照らしただろう。

ほんとうに才能ある人は若い人を「応援しか」しない。

それは自分の道が唯一無二であるように、その若い人の道も唯一無二であることがわかっているからだ。


佐和子さんの絵はすべて静かに輝いていた。

そして生きていた。

生きているのだ。淡く光をはなちながら、ゆらめき、呼吸していた。


描かれた人もものも、地上界での形から解き放たれ、その魂の持つほんとうの光だけをまとっていた。

私は前述の画家たちの絵を見たときと全く同じように、いつまでもそこに立っていた。

一日では足りず、何回も足を運んだ。


見えたものを見えたように描く（『見たものを見たように』ではない）。

そのために人生もほんとうに見るということだけに沿っていく。

そんな偉大な人生に少しでも触れることができたことを光栄に思う。


芸術家に例外はない。一見かっこよく生きているふうでも実際はドロドロのぐちゃぐちゃでシャレにならないことが多く、周りはさ

らにもっとたいへん。そんなしょうがない生き物だけれど、

泥の中から咲く蓮のようなものである作品を見せてもらえると、みんなそのたいへんさを一瞬忘れる。

忘れるときは、泥まみれの中で花を見上げる人たちの顔も、本質に近づいている。

それが芸術だろうと思う。

沖縄のホテルのがじゅまる

◎ふしばな

偏り

奈良美智さんとアムステルダムに行ったことがある。

彼はほんとうに団体行動ができない人だ。さっさと歩いていってしまう。意地悪なのでもないし、勝手なのでもない。

自分のペースでしか動けないだけなのだ。まともなコミュニケーションが取れるし、立派な大人でちゃんと判断もできるけれど、税理士と打ち合わせとかそういうのは全くダメだし、嫌いな人がその場にいたら、ひとことも口をきかない。

周りの人たちもきっとたいへんでしょうねと思う。

こんなふうだったら、そりゃ、絵を描くしかないよねと思う。

だからこそ絵が彼を救ってくれるのだろう。

私も基本そういう人間なのだが、ちょっとだけ実業家風味が入ってるので、このジャンルの人にしてはかなりいろんなことをこなせる。

しかしいやなこととやしたくないことに触れると「奈良反応」笑　と全く同じものが出て、寝込んだり倒れたり必死で断ったりいっしょに歩けなかったりして、驚かれることも多々ある。

どうしても行けないと時間をわざとではなくいつのまにか間違えたりする。足が向かないのである。

周りの人は、さっきまで笑顔でオチのあるギャグを語っていたのに、どうしてしまったのだ？　とギョッとするし、あんなに優しかったのに縁を切られたと怒り狂うことになる。

しかし、理由はあるのだ。わかりにくいけれどはっきりとあるのだ。ものを創る人……それが大御所であれ芸大生であれ、全く同じだと思う。ここに行けばいい、もしくは行かないほうがいい、ただそれだけの予感のようなものは、目に見えるくらい、触れるくらい、はっきりとそこにある。それをもう無視はできない。

とにかく、そういうものはなにかを創る人の病気、芸術の副作用なので、どうしようもない。

本能の鐘のようなものが鳴り響くと、急にどこかにすっとんでいったり、長年のつきあいを一瞬で終わらせたりする。

それはもう本人にもコントロールが効かないことなのだ。神様が決めたとしか言いようがない。瞬間を生き、瞬間で判断しているので、どうにもならないのだ。

わがままなのでもない。ただどうにもできないだけなのだ。自分も苦しい。一貫性もない。法則もない。

ここにいたら作品がダメになるとわかっていたら、その場にはいられないのだ。ただそれだけのことで、説明もできない。

奈良さんは昔、うちの近くの美術館で大きな展覧会をしたとき、泊まり込みで作業をして疲れ果てて、よく変な時間にうちにやってきてうちの小さいソファーですやすや寝ていた。私と当時の彼氏は「疲れているんだろう」と放っておいたが、まるで犬が寝ているみたいだった。ただそこにいるだけで、それ以上でも以下でもない寝方だった。それはとても美しいものだった。

ものすごく気を使う人なのにものすごく本能的で、気持ちがいいほどだった。作品と等しい輝きを感じた。

だからたとえどんなことがあっても、奈良さんとその作品を敬わない気持ちになるような日は来ないと思う。

奈良くんと

秘訣いろいろ

懐かしい前世（今世内の）とダイエット

◎今日のひとこと

Qちゃん[*17]のごとくたくさん食べ、あぶさん[*18]のように酒を飲み、そんな毎日が大好き！というのがつい最近までの私の状態でした。

もちろん常にそうだったわけではなく、大食いと小食（過食と絶食ではない）の周期があって、なんとなくそれに沿っていたので、大デブではなく中デブを保っていたのでしょう。

私の人生でいちばんちょうどいい体重とスタイルだったのは、忘れもしない産後数年後に行ったギリシャ（『王国』という小説の最終話の取材をしに）でした。産後の激やせか

奈良の椿

ら体力が少し立ち直った頃です。

ギリシャのミコノス島はアホみたいに坂道があるので、そして街の中には車が入れないので、毎日すごく歩きました。そして炭水化物をほとんど食べず、白身の魚とエビをたくさん食べました。ギリシャ料理には白ワイン以外あまりぴったり来ないので、ビールも飲みませんでした。海の水が冷たいので、すごくたくさん体を動かして泳ぎました。さらによかったことは、ダイエットしていたわけではないので、途中でジェラートやケバブサンドをちょいちょいと楽しみのためにいただく時間がちょうどいい楽しみ、生活のアクセントになったことです。つまり甘いものや炭水化物をむりに抜くストレスもなかったわけです。

この条件が揃えばだれもが痩せられると思うと同時に、私には私だけの成り立ち、つまり毎年夏に伊豆で行っていた自然の健康法「一日中海で泳ぐ↓ほぼ一日一食をたくさん食べる↓飲みに行ってストレスも発散↓よく寝る」というのが健康を取り戻す方法であるというのが体にしみついているのだと思います。

人それぞれ、ベストな方法があって、それをみんなそれぞれ知っているのではないかな？

漢方治療がきっかけで、数ヶ月肉とか酒（一杯だけ飲む）とか揚げ物とか乳製品をほぼ抜いて（楽しみのためにちょいちょいはやっぱりいただく）いるのですが、糖質制限よりもよっぽど確実に、いい感じに痩せていく。

別に痩せたかったわけではないけれど（どうせ肩幅がすごくでかくて昔からビッグシルエットのものか男物しか着られないから）、他に楽しみがないから痩せるのが楽しいわけです。そうしたら前よりは服が似合うようになるので、おのずと服を選ぶのも楽しくなる。

今世の大食い大飲みの私はもう前世の存在のように遠く感じられます。

もうあんなふうに大食い大飲みはできないと思うと少し悲しいけれど、新しい世界の中で、好きなものを楽しみのために少し食べることにはわくわくする。

こんなに人生が激変するなんて、信じられない。でも、面白い。すごく面白い。

行動を変えただけで人生が変わるなんて、もはやあまりにもわかりやすくこれは引き寄せですよ！

◎どくだみちゃん

肉食考

肉は大好き。

食べると力が湧いてくるし、それがもともとはその動物のものだと思うと、その力がありがたくて、だいじにしようと思う。

親戚みたいな焼肉屋さんもいる。

そのご家族全員を大好きなとんかつ屋さんもいる。

家の食堂みたいなタイ料理屋さんも！

私は思う。動物を殺して、その肉を食べる。昔はそれを、心をこめて解体すること、毛皮も骨も全部使うことが供養であったたし、儀式であった。

しかし現代では、ほんとうに心をこめてお

料理する人が肉を扱うことが供養であり儀式なんだと思う。

　そのすばらしい人たちが魔法をかけて、肉食の悲しみを浄化してくれるような、そんな気がする。


　その人たちは人生の時間をたくさん使って修行をして、毎日の時間を割《さ》き、大切に大切にひとりひとりのためにお料理をする。

　その手はもう魔法の手になっている。

　その手に触れられた肉はまるでハラル肉のように変化し、死の恐怖からすっかり解放される。

　そして私たちにきちんと栄養を届ける。

　そういう料理人たちを個人的に知っている。みんな誠実で、人のおいしいという声を聞くのが生きがいで、いつも自分を清らかに律している。

　だから、そうでないと感じられるところで肉を食べることを、やめた。

　それだけでなにかが自分の中で変化したように思う。

　自分のことは自分で決められるという自信もついたように思う。


　牛や馬に優しくすりすりしてもらったことがある。豚がすやすや寝ているかわいい寝顔を見たこともある。鶏が自分を親と思ってくっついて歩くことも経験している。彼らを食べちゃうなんて、自分はゾンビだと思う。ほんとうにそう思っている。

　そんな気持ちを和らげて力に変えてくれるのは、誠実な魔法を使う料理人たちだけ。

品川で新幹線に乗るときにいつも通る煉瓦色の壁の市場。

「生体搬入口」と書いてあるあの門。

そこを通るとき、一度も目をそらさないでいられるような、動物たちに恥じない、命をもらったことをちゃんと活かす生き方をしたいと、いつでも思うのだ。

◎ふしばな

支える言葉

お弁当売り場、スーパー、レストラン、食堂。

そんなところで、いちばんぱっと目を引くのはやっぱり肉と揚げ物を使ったメニューで、お店のほうももちろん一押しだと思うので、いいところに並んでいる。

そこをぐっとこらえてとりあえずその一押しを排除して眺めると、すごくニュートラルな気持ちで食べ物を見ることができる。

いつものごとは半々だ。ふだん控えていた炭水化物は堂々と食べることができるから、それはそれで楽しみが増える。ヴェジタリアンの人のお腹がぽんと出ているることが多いのは、きっと少し栄養が偏っているのと、炭水化物を食べすぎるからなんだね。

そしてふと、考える。

こんなときに私を支えている思想は、なんだろう？

パーマネントカルチャーへの憧れでもなく、農業や食肉を工業化した社会への不信（それは確かにある）だけでもなく、ヴェジタリアンの生き方のすばらしさでもなく、たったひとつ、私の潜在意識に沈んでいる野口晴哉先生が書いていたひとこと「満腹は不快であり、空腹は快である」だということに、気づいた。

潜在意識に沈んでいるその言葉を見つけだすためにずいぶん心の中を潜ってみたが、間違いない。そのたったひとことが、新しい生き方の私を根底から支えていたのだ。

私もそういう言葉を発したいなあ、としみじみ思ってしまった。


友だちに、ものすごく忙しいストレスフルな男の人がパートナーである、ものすごい美人がいるんだけれど、その男の人はなにがなんでも彼女を離さない。

いろんなできごとがあったけれど、絶対離さない。

それは彼女が美人だからだけでも、上品で、かつセクシーで、ちょっとエキセントリックだからだけでもない。

私が漢方薬と食事制限を始めた三日目くらいに彼女とごはんをして、メニューを見ながら「あれもこれも食べられないし、酒も飲めねー、うえ〜ん」と言っていたら、彼女がその美しい顔で微笑みながら、歌うように「いやいや、これからおいしく食べられるもののほうのことを考えましょう！」と言った。自分のことでもないのに、私のためだけにそう言ってくれたのだった。

ああ、この魔法があの忙しい彼を支えているんだ、この人、ほんとうにプロ彼女だ！と私は感動して、それからは今まで目を向けなかった、これから食べられるもののことを考えるようになり、ぶじにその生活が軌道に乗った。

人の言葉ってすごい力がある。

だからやっぱり人に良きものをあげられることを、ただお上手を言うのではなく、ほんとうにさっと、正しいタイミングでおいしい食べ物のお皿のように差し出せたらな、と思う。

「今」しか動くときはない

◎今日のひとこと

これから始まるふたつのプロジェクトの打ち合わせに行ってきました。

ひとつは何年もかかるものです。

理由があって集った各分野の強者たち。

準備に時間も根性も決心も必要な仕事ばかりなので、それぞれが切り捨てなくてはいけないことも多少はありそうです。

私も動き出すまで、心細いこと、迷うこと、たくさんありました。

この期間にはきっとメンバーの中に引っ越しや結婚や出産をする人もいるでしょう。

それでも、今日の夜、みんなの心に浮かんん

バリの田んぼ

だ「結実」のイメージは、いろいろな形で実現するのでしょう。

そのときに、笑顔でこの写真を見ることができるような、この写真に恥じないような自分でありますように。


今でもそのきっかけになった瞬間をはっきりと覚えています。

バリで兄貴こと丸尾孝俊さんのところに遊びに行き、近所のコテージにステイして、朝ごはんを待ちながらテーブルでダラダラしていたときのことです。

文字通り空がキラキラ光って、これからやる仕事とそれをいっしょにやる人のヴィジョンが降ってきたのです。

プールの表面も、空も、簡素なテーブルのガラスも、みんな真っ白く光って見えました。


そうか、これだ、これを今口に出せば、夢のように遠いことだろうけれどほんとうのことになる。でも今でなければきっと何かが違ってしまう。今なんだ！

そういう確信も降ってきました。

気のせいと思えばいくらでも思えたと思います。やるに当たっての困難もいくつも浮かんできました。これはもしかしたら今の体制の中では実現不可能かもな、と思いました。

でも私は次の瞬間、目の前にいた編集者さんに伝えていたのです。

「大がかりな仕事をいっしょにやりたいんだけれど、それに当たって専属の契約を結びたいんだけれど」

彼はびっくりしたけれど、私のしたいことをすぐにわかってくれました。社に持ち帰って相談してみるけれど、基本お受けします！

と言いました。

それからこのことが実現するにあたって、いろいろな困難や修正はあったけれど、今やっとそれが現実に近づいてきました。

その二年の間に、仕事の上ではいろいろな別れがあり、出会いがあり、もめごとがあり、私もそれに伴って成長しました。

先に細い服を買ってしまって後からダイエットするような無茶な構想だったけれど、実現に近づいたのはあの日、バリの神様が私の、小さい頃からほんとうに好きなこと（書くこと）、したいこと（不思議ハンター）を教えてくれたからだと思います。

たったひとりから始めて、口に出したからこそ仲間ができる。

はじめは私が何をしたいかわからなかった人たちが、私の状態に納得してだんだん理解してくれる。誤解を超えて、期待してくれている。

それってもう、人生の醍醐味としか言いようがありません。

プロジェクトの仲間たち

◎どくだみちゃん
バロンちゃん

バリでうなされるほどの怖い夢をみるたび、最後にはふさふさ、ふさふさしている毛皮の上で寝ている場面に変わった。

その毛皮は白とグレーで、とても大きくて、温かかった。


何も知らなかった私はその生き物がホテルのロビーに飾られているのに驚いた。

それは聖獣バロンという、犬に似た精霊だった。

君の毛皮だったのか、君が私を守ってくれていたのか。

そう思ったら涙が出て、その精霊を模した大きな人形に顔を埋めて写真を撮ったら、できあがった写真の中ではきらきらきらした白い光が私のまわりを飛び回っていた。

バリってそういうことが起きてもなんとも思わないようなところだ。


ちなみに怖い夢はほんとうに怖かった。

恐ろしい女につけねらわれて仲間がバラバラになる夢や、宿のまわりをすごい速さで真っ黒い邪悪なものがハアハア言いながらぐるぐる回っている夢や、果てしない海原で溺れている夢や。

その夢がいちいちすごい臨場感で、幽霊とか、錯覚とか、気分とかではなくて、実際にその中にいるくらいの感じなのだ。

友だちと歩いていて、あれ？　今ここから雰囲気が重くなった、ほんとうだ、ここからだ。じゃあ、ここは？　ここは大丈夫だ。ここからはなんか軽くなっていく。

　と言い合った。

　それは怖いくらいに一致していて、なによりも友だちと目に見えないものを分かち合えていることが嬉しかった。

　そんなことも不思議でもなんでもないくらい、濃密に光と闇が共存して生きている、それがバリだ。

　闇は深く恐ろしく、決して人間の小さな知恵では太刀打ちできない。

　そして光はあまりにも白く明るく優しく、繊細な淡い輝きで私たちを包む生命の喜び。

バリのホテルから

◎ふしばな
不安に効く薬

不安、それはいろいろな形で襲ってくる。

ちょっとした食い違いが友だちとの間にあったとき。

仕事先の人とうまく気持ちがかみ合わなかったとき。

自分がとるに足らないもののように思えるような、合わないグループに会ったとき。

ごはんを作っていて全部失敗したとき。

どうしても気持ちが切り替えられないとき。

オチがない上にただ悲しいフランス映画をうっかりひとりで観てしまい、感情の行き場がなくなってしまったとき。

そんなことの後に、どうにも抜け出せない不毛な世界にぐるぐるループで入ってしまったとき。

くりかえし見るＳＮＳはますますその気持ちをあおる。もう楽しいことなんかない、広い場所に出て光を浴びて、これからまだまだ時間がたくさんあると思える日なんて二度と来ない、そんな気持ちになる。


そんなときには、初心に還る。

大好きな本を、ゆっくり音読してみる。このスピードでなんでもゆっくりやるぞと決める。

大好きな曲（できれば子どものときに好きだったもの）を聴いて、ゆっくりといっしょに歌ってみる。懐かしさに涙するのもいい。

ていねいにお茶をいれて、お菓子も豆皿に載せて、いちばん好きなお茶碗を妥協なく選び、ゆっくり飲む。

明日観る映画を三本くらい選んで借りる（そのうちひとつは痛快なものにするとなおいい）。

あまり好きでない服を思い切って捨てるべく、さくさく選ぶ。

そんなことを、ゆっくり、じっくり、地をはうような気持ちで確実に手を動かしながらやってみる。

いつだったか、豊田道倫《みちのり》さんがいちばん落ち込んでいた時期に作った強烈な曲たちを深夜に聞いてしまった。

彼の才能はある意味すごいと思う。

淋しくて、お金もなくて、もう人生にいいことはなにも起きない、ずっと寒くてぼんやりした悲しみの霧の中にいるんだ、そんな気持ちになった。

ちょうどカードで大きな引き落としがかかる時期を間違えてしまい、定期をひとつ崩さざるを得ず、気持ちが沈んでいたときだったのと重なって、もうどうにもならないような不安な気持ちになった。

私はそのとき、まるでふなっしーの「ご当地キャラエレジー」という曲と同じような決心をした。

この曲の中では、ブームが去って全くみんなが見向きもしなくなったら、ふなっしーはまた小さいイベントから始めて、子供たちの笑顔を見るところに戻ればいいと歌っている。

私ももし本が全く売れなかったら、自分でネットに出して、じょじょに好きになってくれる人にまた出会っていけばいい。

ほんとうに受けたいお仕事だけ受けて、それがたとえ五十文字でも百文字でも、心をこめてこつこつ、楽しく書けばいい。

暮らしていけなかったら、家族で仲良く田舎に引っ越せばいい。

どこにいても自分が自分でいるかぎり、書いていけばいい。

逆に、自分の名前の実績だけで来る依頼、私の本を読んでいなくて名前だけ知っている人からの依頼、そういうものには答えないで、好きだからこそ依頼してくれる人の仕事を、安くてもなんでもひとつひとつやっていけばいい。

そう思いながら、実際に手を動かして、小さな仕事をひとつやったら、もう気持ちは元に戻っていた。実際に文字を書いて、それが印刷されて人に届く喜びだけに焦点を合わせた。

自分のペース、神様が決めたのでも、親が決めたのでもない。自分の心音、呼吸、考え方が決めたペースを取り戻すには、手を動かすことが必要だ。

手を動かすことで、体の奥底から自分だけのリズムがわきあがってくる。それに体を合わせていく。

言い方はうんと悪いのだけれど、ドラッグをやったり、手首をちょっと切ってみるのと同じくらいに、突然生々しく生は息づき、自分の人生に、自分の体に、自分が戻ってくるはずだ。

それなら、かわいい自分の体を傷つけたりする必要なんかない。

体はいつだって私たちのために夜も休まずフル回転で働いてくれているのだから。

世界はあなたを待っている

◎今日のひとこと

いつも不思議に思うことがあります。

高い店で飲む高いシャンパーニュやカヴァやプロセッコが完璧に冷えていてうまいのは当然です。

そこに出てくる高い生ハムがうまいのも当然です。

トイレに行けば清潔で、変な飾り物が埃をかぶっていることもなく、きれいな服のまま、もちろん洗いものもしなくてよくって、快適な気持ちで良い会話をして良い気持ちで帰宅できる。

代田「グラウベルコーヒー」のカプチーノ

それに比べて、安い店で飲むそういった飲み物や生ハムの質が値段に比べて落ちるのは、当然といえば当然だと思うんです。

しかし！　なんでそういうところの飲み物は温度や管理がでたらめ（ひどいところだとぬるい上に栓を抜いてから時間が経っていて、泡がなかったりする）でトイレは不潔なことが多いのでしょうか？

温度管理や掃除は、無料でできる唯一のことではないでしょうか？

スペインで超安い居酒屋に行って、一段落ちる部位のハムを食べて、少し安いカヴァを頼んでも、そこにはお店の人の矜持というものが感じられました。

安いのがなんだ！　その中でもうちは最高だろ、オラオラ、みたいな。

トイレは不潔だったけど！　笑

その矜持だけが、お金がなくても持てるものなのに、なぜ手放す？

その辺にあらゆる仕事の成功に通じる大きな秘密があるように思います。

スペインの生ハムとポテトサラダ

◎どくだみちゃん

自由はそこに

うちの店は狭くてボロい。

ではせめてグラスに入れる用ではない業務用の安い氷をたくさん使って白ワインとスパークリングものはいつもキンキンに冷やして、最適な状態でお客さんに出そう。

生ハムも安い切り落としだけれど、断面をきれいに並べて、普通のハムでかさを増やして、ピンクペッパーなど散らして、気分よく食べてもらえればいい。

トイレはしょっちゅう掃除して、狭くても古くても清潔さが目立つようにしておこう。

これらは、無料でもできることだから、実行に疲れ果ててくじけそうになっても、寝る暇もない毎日でも、やれば必ず結果が出る。

お客さんが大量に押しかけてきてキープがむつかしくなったら、そこがまた考えどき。

・狭い店のまま、儲かった利益でコストの安い掃除だけの人を雇う。

・今まで通り自分がしゃかりきになって働き、儲けた分で休日を贅沢に過ごす。

・掃除が楽な少し大きくて集客が見込める場所の店舗に引っ越して、少し値上げ。その分酒と肴のクオリティをあげる。

・高い会員制にして、そこそこ儲けながらも休む。その代わり超こだわりの酒と肴を提供。

・安くてうまい店としてこのまま生きていくか、客層含め一段だけ基準を高めるのか考える。

……などなど、全ての選択肢と自由が、私たちの前にはいつでも開けている。

自分の部屋を飾るように、好みを考えて、カスタマイズできる。

その中で何かを極めれば、いずれにしても人々の心に残る名店を作ることができる。

静かな店が好きな高級志向なのか、とにかくギラギラ上がりたい成り上がり志向なのか、安いけどうまいものを気さくに食べてみんなに笑ってもらいたいのか。どれも人生、どれを選んでも優劣はない。

その可能性がこんなに無限大に目の前にあるのに、見ようとしていないのは、自分だけだ。

今日の掃除の大変さ、働いても働いても店が混んでいる苦痛、そんなことばかり見つめて肩を落としているのは自分だけなのだ。

楽しみを見つめていないので、たいていの場合は上記の選択肢の全部を日替わりで中途半端に行い、いつまで経っても楽しくならず、苦しみが増えていくばかりの人生だと嘆くことになる。

どの道にも多少の苦労はあり、眠れない夜もある。でもどの道なら自分が楽しいのか、自分しか知らない。

成り上がり志向の人がロハスな人の成功書を読んでも何も得られない。

仲間がいちばん大事な人が高級志向の成功を夢見ても虚しくなるだけ。

お金持ちの家に生まれ、両親や周りのおじさまおばさまたちがみんな通っていたようなお店がなじみなら、居酒屋を開くのはなかなか大変だ。でもそんな中で「堅苦しかったり客を選ぶお店はうんざりだ、居酒屋こそが自由だ」と夢見ていたら、意外にいいお店を作れるかもしれない。
自分の憧れの店がどんな風で、どういうところなら一生通いたいのか、自分の腹に聞くしかない。

これは店のたとえ話。
でも、実は全てのことが、こうなのだ。
気づいたら視界はぐっと開け、人生は自分の元に帰ってくる。
どうにでもなるし、どうとでもできる。
人生は巨大なレゴ、粘土、クレヨン。
なんでも作れる。
顔さえあげれば。自分でした目隠しさえ取れば。

実家の巨大ねこ

◎ふしばな

言いたい放題

大好きなお店「ラ・プラーヤ」[*19]。
お店は地下にあって古く、たまにちょっとかび臭く、本が積んであって、まるでマスター&シェフの児玉さんの家みたい。

そこがまた心地いい。

食べログでグチャグチャに悪く書かれている記事があるのも、むべなるかなで、もはや痛快。そのくらいでいいんじゃないかと思う。凸凹してないお店ばかりじゃつまらないし。

児玉さんの人と味はイコールだから、それが合わない人は、行かない、それでいいように思う。


あの人たちに、会いにいく。あの人たちの人間味を見にいく。あの人たちが愛する料理やワインに出会いにいく。

どうしたらこんなにおいしいものをさっと作れて、しかも完璧なワインを合わせせられるのか。いつも感動してしまう。カヴァもメニューもむやみやたらには変えない。が、質は最高。

おいしくないものを一個も出さないというかたい決心を感じる。


ソムリエとサーヴィス担当の荻沼さんはいつも淡々としているけれど、シェフの料理を心から愛していることが伝わってくる。

児玉さんは人情家で熱血漢で口が悪くて、エロ話や夢の話ばっかりしている。

すぐ椅子に座っていい香りのジンを飲んだり、煙草（最近は電子に変わった）を吸って休憩している。だって俺の部屋だからね。

でも話に夢中になって料理のタイミングを間違えたりはしない。

先日、違う席の人がサインを求めてきた。その日は彼女のお誕生日で、とても控えめな方だったこともあり、快くサインをして、一緒に写真を撮った。

その人の連れの女性がかなり酔っていて、とても明るくていい人だったのだけれど、多分私の本をほとんど読んでないんだろうなあ、という感じだったのだが、そういうのは全然かまわない。外に出ているときはある程度公の自分になっているので、声をかけられるのは（急いでいるときは普通にお断りするけれど）全然かまわない。

でも、その酔った人がうちの息子の写真とか、私単独の写真を撮りだしたときには、さすがに私も「それはSNSに決してアップしないでください」と言った。

すると児玉さんが、

「馬鹿野郎、プライベートで来てるんだから、撮るんじゃねえ、撃ち殺すぞ！」

と言った。もちろん本気の怒鳴り声ではなく冗談交じりの言い方だったけれど、お客さんに向かってなんてすごいことを！　と私はビビった。

彼女も全然ダメージを受けた感じではなく、もう撮りませんし、どこにもアップしませんから、と笑顔で言って続きのごはんを食べて帰っていった。

荻沼さんが淡々と、

「お酒が入ってましたもんね、ちょっと行き過ぎてましたよね。ここから線を引いて、入らないでって言えばよかった。ごめんなさいね」

と言った。

「本当に悪かった、プライベートで来てるのに、コントロールできなくて。店の管理が悪

いのは俺の責任だから。どうしても強く言い切れなくてごめんなさい」↑いや、かなり言ってたと思いますよ！　笑

児玉さんが言った。

私は自分の身は自分で守れる。守ってきたとも思う。

でも、その人たちが真顔で私と家族との時間を守ってくれようとしたことが、本当に本当に嬉しかった。無骨でおかしなやり方であっても。

有名人だから、無名の人よりも贔屓するとか、常連さん同士だから見て見ぬふりではなくて、ただ反射的に守ってくれたことが。

児玉さんが「パエリアに入れる銀杏は小ぶりで味が濃いものでなくては調子が出ないから、荻沼さんのお母さんに拾ってきてもらって、それを丁寧に剝くのだ」と言った。

「いつも使ってた銀杏が今年はないんだよ……っていうのも、近所の大学で銀杏を拾って使ってもらうというゼミのプロジェクトがあって、学生たちがいつも銀杏を拾って、剝いて、持ってきてくれるのを買い取って、パエリアに使っていたんだけどね、今年は衛生面からも学生の手間も大変で保護者からも苦情が出たから、業者を入れて業者の銀杏も合わせて売りますが買ってくださいって言われたんだけど、意味も訳もわかんない！　帰れって怒鳴ってやった。だいたい業者の銀杏はでか過ぎて味が薄いんだよ」

と児玉さんは言った。

人情家の彼は、学生たちが苦労して剝いた銀杏を何とかしておいしく出そうと一生懸命毎年工夫していたのだろう。時期がずれれば

合わせ、お金もはずんでいたのかもしれない。

　銀杏たくさん落ちてる、何かに活かそう、よし、学生が集めて剥いて、近隣のレストランに売ろう、学校の名も上がるし、臭い銀杏もムダにならないし！

からスタートしたはずのことが、
　銀杏拾う、剥く、面倒くさい、臭い。中国産買ったほうが早い、よし、今年はそれ売ろう、これは良き合理的なプロジェクトだ……

となる。

　これまた今の世の中に溢れていることだ。

　この本末転倒の考えがはびこることで失ったものの大きさを、いつか誰かが気づくのだろうか？

　少なくとも、この世にたった一人しかいない児玉さんが、いつかお店をたたんで、もう食べに行けなくなったとき、私は泣くだろう。もし彼が天に召されたら、もっと泣くだろう。荻沼さんのお母さんがこつこつとイチョウの木の下で拾った銀杏を思いだしながら。

　その涙の奇跡的な深みを、本末転倒の世界は一生得ることがない。

カニのパエリヤ

児玉さんと荻沼さん

美とメイクの秘訣（今日は人生で一度きり。その人の本質が動きを見せたとき、美の秘密が現れる）

◎今日のひとこと

私はもちろん自分を美人だとは思っていないです（そこまでアホではない）。

その上若干（若干？？？）太ってるし。

[*20]チネイザンの大内さんに腹の肉を掴まれて「みんなの憧れの職業なんだから、これ、なんとかしようよ！」と言われたときも　笑「うるさい、わしの腹の肉を作るのにいくらかかってると思ってるんじゃい！」と抵抗、のちに大内さんをも「ばななさんはそのままでいい」と言わせしめた私の「呪」パワー！

普通以下、でも魅力的、くらいの位置づけ

タイラミホコさんが創った美しいライトたち

でふつ〜に暮らしてます。

そんな私でも仕事がら、ヘアメイクのプロにメイクしてもらうことがあります。この場合のヘアメイクの意味は美よりも「見苦しくなくしてもらう」くらいの位置づけだけどさ。

いつもお願いしているのはお二人。どちらも女優さんやシンガーさんたちをメイクしている超売れっ子さんです。

一人は内山多加子さん[*21]という方で、みごとに女性的な仕上がりにしてくれます。小さなおくれ毛までちゃんとカールして、まさに「おめかし」。

おめかしの必要性を優しく説いてもらっている感じです。

一方、男性的な天才といえば、市川土筆さん[*22]。

この人がまた、めちゃくちゃ変わっているんだけれど、とにかく天才なのです。

まず、鏡に向かってではなく、真っ向から向き合ってメイクしてくれるんですが、彼の目に映っている私は「今日の私の完成形」なんだなっていうことがひしひし伝わってくるのです。

今日の天気、肌質、現場の雰囲気、光線、それは人生に一度しかないといういちばん大切なことを、彼は天才だからこそ知ってるんだろうなあ、と思うんです。たとえ調子が悪い日でも、一日しかない。

彼にメイクをしてもらっているうちに、私は「美とか装いとかそういうことではない、自分で自分を大切にしてあげなくては」と思うようになりました。

体って自分のものだと思っていても、実は自分とはうんと遠いものなのです。

道具と同じで大事に使ってあげれば長持ちします。

大事にされてる自転車とかって、見るとわかるでしょう?

初めはなんとなくいい感じに見えるだけなんだけれど、よく見ると細部がちゃんと手入れされてる、そういうこと。人間も同じなんです。

大事にする表現の一つが、その日の服装やメイクなんだろうなあと思うのです。

その日の顔を表現することが、その日の自分と仲良くなるということです。

その日の肌質に合う色も、服装も、カバンや靴も、今日だけのもの。たとえ昨日と全く同じ服を着ていたとしても、今日だけの似合いかたなんです。

これをつかめれば、全てが楽しくなってくるはず。寝ぐせさえも。

恋人も夫もきっと、毎回少し違うように見える生き生きした人が来るほうが嬉しいはず。

いつもボサボサの頭の私に言われたくないと思うけれど、長年の経験からアドバイスを。

「服装とのバランスで髪の毛を制したらほとんど完成、メイクはそれを補うだけ」

「歳をとればとるほど、メイクは思い切って薄めに」

「普段のケアがちゃんとしていると、いざというときに肌が味方してくれる」

「鏡を見るときは必ず横と後ろからの角度も

見ること」

「酒とたばこは毛穴の大敵」

「ホテルとレストランはどんな高級なところでも、髪の毛と靴とバッグさえちゃんとして肌さえ隠していたらノーメイクでも全く問題ない」

「旬の人が輝いて見えるのは自分を知っているのと、意外な動きがあるから」

「どんなに似合っても自分の嫌いなメイクと服装は身につかない。しかしどんなに嫌いでも周りの大勢が似合うというものは似合うからアクセント程度でも取り入れるべき」

　私は今、夜は美容液とかパックとかちゃんとやるときもあるけれど、麻のオイルとはちみつ（単なる食用はちみつ）パックだけで朝の洗顔を終えています。調子により、配合を変えるだけ（パサついていたらオイル多め、くすんでいたらはちみつ多め）。唇や首までやっちゃう。

な～んだ、これでよかったのか、ムダに散財したな～！

　二十歳の私に教えてあげたいです！

たかちゃん

土筆さん

◎どくだみちゃん

好きになれないもの

一度、実験してみたことがある。

そうじゃないかな〜とうすうすわかってることだけど、実際に体で感じて知りたくなることってある。

見すぼらしい服で、ノーメイクで百貨店のコスメカウンターのフロアに行くと、誰も接客してくれない場合が多い。

きちんとメイクして、外向きのきちんとした服を着て行くと、ちゃんと相手をしてくれる。


目立ちたくないときは、見すぼらしい服を着ればいいから、そしてメイク用品を買いたいときは、きれいな格好で出かければいいから、全然かまわない。

客商売なんだもの、当然だと思う。


でもちょっとひんやりする。

もしきれいな格好をしたくてもできない状況の人がいたら、あの場所は孤独とみじめさの場所になってしまうっていうこと。あの時の体がきゅうっとなる感じ、被害妄想でも自意識過剰でもないと思う。

人間だって動物だからだと思う。

いじめられて羽根の抜けたシャモは、仲間外れにされる。

皮膚病で丸刈りになって悲しい状態の猫は、誇り高くいられない。

そんなのと同じなんだと思う。


段違いになっている最近の公園のベンチ。

座れはするけれど、決して体を伸ばせない。

私は寝転んで空を見ながら読書することができなくなった。

もしも家のない人がここで寝たら困るから、いつもそこで寝ているようになったらうんと迷惑だから。

だって公園は「家」の延長線上だから、汚くなると困るから。

それはそうでしょうけれど、あの段違いになっているベンチを見るたびに、

「コンセプト自体、意地悪いよなあ～」と思う。とても醜い。

流れが止まっている。流れが止まっているものは、女性であろうとベンチのデザインであろうと、美しくないのだ。

岡本太郎の「座ることを拒否する椅子」の方が美しく優しい。うんと優しい。


父が死んだ日、香港の超高級なショッピングモールのマックスマーラで、私は父に会いに行く服を探していた。

その旅のいっちょうらだったスカートのお尻に穴が空いていたので、服を買いに行った

のだった。

　もしかしたら家の前で写真を撮られたりする可能性もあるから、お尻を出して行くわけにもいかない。

　ツンとした顔のきれいなお嬢さんが「この人、なんかノーメイクだし、おばさんだし、変なスカーフでお尻を隠しているし、怪しいわあ」という気持ち丸出しで接客にやって来た。

「親しい人のお通夜に行くんだけれど、服が破れてしまって、しかもこのスカートちょっとカジュアルすぎるから、もう少し暗い色の服がほしいの。でも、その人にはあまりにも地味すぎる服では会いに行きたくないんだ、つらい状態からやっと解放されたんだから」と私がつたない英語で言ったら、その人はすごく優しい顔になった。お嬢さんの美が生き物のように動き出した瞬間だった。彼女の人生や性格や個人的な気持ちが表情の中に現れた。

　優しい顔のままで、彼女はてきぱきと私に合うサイズの、地味な色だけれどビーズがついていたり、黒でも刺繍が付いていたり、そういう服を一緒に探してくれた。

　最後は手を振って見送ってくれた。

　あの人の一日も、父の死体に会いにいく私の一日も、いい日になった。

　アジアの甘い風が吹いていた、香港の午後。

　好きになれるものは、そういうもの。


　サイキックカウンセラーのお姉さんが、小さいお嬢さんといっしょに近所に遊びに来た日。一緒に日本茶喫茶に行きました。

　いつも人の気持ちをすぐ察知してしまう彼

女が、きりっとしたママの顔で、

「わかった！　あんたそのお茶の中に入ってるあられがまず食べたいんでしょ」

と言ったら、玄米茶を飲みにくそうにもじもじしていたお嬢さんがうん、とにっこりうなずいた。

「すみませ～ん、小さなスプーンか木のおさじをいただけますか？」

と言う彼女の張りのある声。

お金にもならないし、カウンセリングでもないけど、わかってあげてた。

好きになれるものは、いつでもそういうものだ。

◎ふしばなれんげの謎

ものすごく昔からあって、全くスタイルを変えていない化粧水「れんげ」[*23]。

私も夏は化粧水をたくさん使いたくて、買って冷蔵庫に忍ばせている。そして、国際線の飛行機に乗るときは微妙に量が多いので、詰め替えて持っていき、旅先の冷蔵庫に忘れてきたりしている。

ものすご～くレモン汁だということと、多分グリセリンだろうと思うんだけれど、しっとり。

化学的な成分もけっこう（多分最低限）入っていて、低価格。しかし消費期限はけっこう短く、コンセプトはかなり謎だ。驚異の保湿力でベタベタするほど。

私の知っている範囲では、研究所本店、交通会館、中野ブロードウェイ、限られたネット店舗で売っているのだが、お店に買いに行くと懇切丁寧に使い方を教えてくれる。

しかも、その人たちの肌が、いつも怖いくらいきれいなのだ。

友達のおみちゃんも、

「うちの亡くなったお母さん、ずっとれんげを使ってた。そして肌は死ぬまでほんとうにきれいだった！」

と証言している　涙。

かなり厳格な使用法とそれに伴うメイク法（メイクはお粉のみ）を守れば、もしかしたらあの人たちのようなお肌になれるのだろうか？

と思いつつ、いいかげんな私はいつも挫折してBBクリームなどべったり塗ってしまうのであった。

体は全部知っている

◎今日のひとこと

最近、さじ加減というか、常識というか、いろんなことが日本の政治や経済とともに崩壊していっている気がします（政治や経済のこと、詳しくは知らないけど）。

それはどうしてなのだろう？　と思っていたけれど、多分それはそれぞれが体をあんまり使わない生活に慣れてしまって、まず体に聞いてみる習慣がなくなってしまったからというのが関係ある気がします。

「体に聞いてみた」と思っているケースの八割くらいは「頭に聞いてみた」「心に聞いてみた」「体がこう言ってるということにして

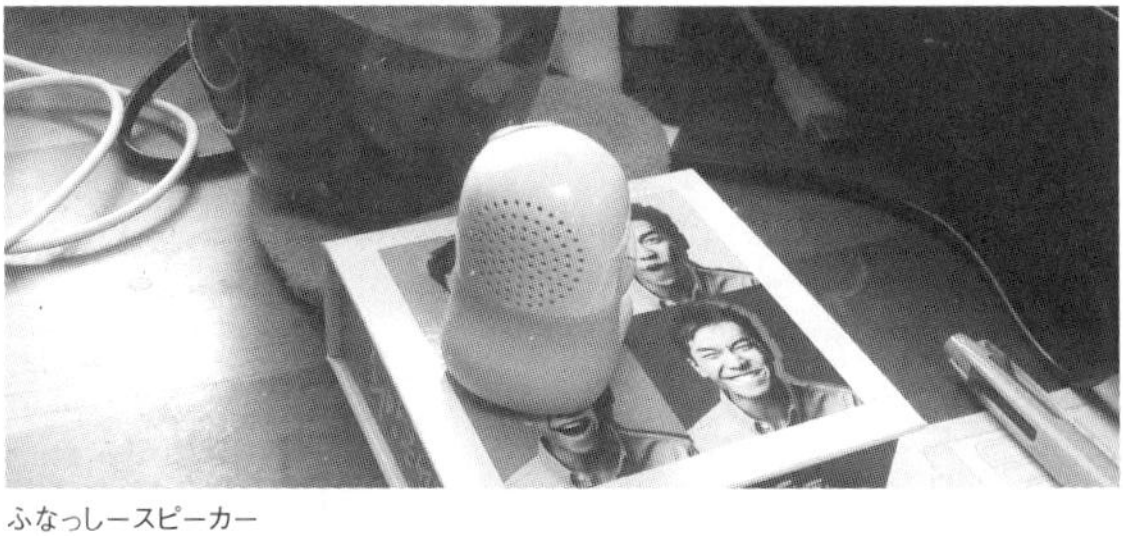

ふなっしースピーカー

いる」なような。

いわゆる「ないわ～！」のさじ加減、けっこう大切な気がするんです。

細かく考えちゃダメなんです。

「そうは言うけど、あっちがこっちだし、こっちもあっちにこうだから……」

「いろいろ自分のこと考えてくれていい人だし、悪気がないんだから、引き受けてあげないと」

みたいなのはもう置いといて！

が大事な時代なような気がします。

この間日笠雅水さんとしゃべっていて、言葉は違えどだいたい同じ結論になったので、ホッとしました。

「五千万円貸してあげますから一千万円の定期を作ってもらえませんか？」

「昨日まで全くなんの勘もなかったけれど、神様のお告げで今日から教祖になりました。いいことをしていきます、よって推薦メンバーにあなたの名前を入れさせてください」

「なんとあなたの電話代がトータルで五千円安くなる可能性があるんですけれど、それに申し込むにはあなたが元々契約している会社に電話をしてある番号を聞いてもらわなくてはいけません、明日の十時に電話しますので、それまでに聞いておいてください」

「無職ですがかっこいい彼氏を紹介するから、ご主人の他に彼を養ってあげてもらえませんか？」

「冷蔵庫買いたいのですが、お金が三万円足りなくて……今度ごちそうしますので、カンパしてもらえませんか？」

「すごく珍しい映画があります、その映画は六時間の長さです。出向いて試写を観てもらい、コメントをいただけませんか？　もしDVDをお貸しした場合は要返却です。コメントのギャランティは一律一万円です」

「私は今日一日、皆さんを山の中でガイドします。しかし、途中で雑誌の取材の電話がかかってくるので、しばらくその電話に出てしまいます。その間だけは自分の身を自分で守ってください」

うまく言えないけれど、全部単に「ないわ〜！」なんです。もう少しだけ強くこの気持ちを言葉にしてしまうと「何を言っておるのじゃ？」なんですよね。

交渉の余地があるという前提での提示なんだけれど、余地があるという判断自体がなんだかおかしいように思うのは、私だけなのでしょうか？

だとしたら、私だけおかしくてもかまわない、体が逃げていくのでそこには寄りつかない。理由？　わかりません。足が、体が向かないのです。

上野圭一先生もそうおっしゃって何か重要な役職を断っていたなあ。

それでいいような、そんな気がします。

みんなそうしなよ、とは思いません。人それぞれですから。

ただ、体が向かない方向には行かないでほしいなと思うだけなのです。

それだけのことで、どんなに人生が快適に一歩近づくか、いくら言っても言い足りないくらいです。

私は、年と共にただ単に「それはない」と思い、それをしないでおいて、そのことについてあまり深く考えない、そうなっていきたいと思っています。

なんでまたそんなことが成り立つと思ったのだろう？　としつこく観察したくなってしまうこの作家魂よりも、その方が大事なように思えてきました。

人生は一回しかないので、あっさりそうしようと思います。

こういう記事を書くとき、いつも思うのは決して「批判」「ディスってる」「上から見て」「バカにしてる」わけじゃないということ。人間なんてみんな不完全で必ず偏りがあり、失敗をしでかして、泣いたり笑ったりやり直したりする、愛すべき生き物で、それぞれがお互いさまだと思うのです。

だからこそ「なんか、ちょっと合わないからないわ、ごめん」「私は違うと思うけど、あなた自身を責めてるわけじゃなくて、私にはわかんないってだけ」「なんだか今日は足が向かなくて」と言えることが、とてもとても大切なように思うのです。

ホテルの窓から見たソウルの景色

◎どくだみちゃん
へんてこな午後

私の幼なじみの女友だちが夫婦げんかしていきなり家出してきて（後に結局離婚）、なぜかその日コメントを録画しがてら飲みに行く約束をしていた中上健次先生と一緒にカラオケに行った。

中上先生の歌う、うますぎる「兄弟船」、聴いておいて良かった。

美しい声だったし、涙が出るほどどうまかった。

友だちはうちに泊まっていき、私の予定に入っていた翌日のよくわからない癒し企画にも参加した。そんな辛い時期ならお友だちもおいで、と知人が快く誘ってくれたのだった。

細部は覚えていないのだが、それは知人と一緒によく行っていた料理屋の夫婦の住んでいるアパートに行って、そこのうちの奥さんおすすめの薬草風呂に入った後、作ってもらったご飯を食べるという企画だった。

特別な薬草がたっぷり入ったお風呂に、十分入って十五分くらい休む、布団が部屋一面に敷いてあり、そこで休みながら寝てしまってもいい。毒素が出た薬草風呂はそこの家の奥さんが取り替えてくれる。

それを繰り返して数時間、自分ではほとんど何もしないということですごく癒される、そうしてただ人に世話をしてほしいことが人にはあるのだ、と奥さんは言った。

私は仕事が忙しすぎるとぼやいていたからそれに誘ってもらったんだけれど、私の幼なじみの家で友だちにこそふさわしい企画だった。彼女は初対面の人たちの、決して豪華ではないけど広々した古いそのマンションの一室で、なんだかわからないけど裸になって風呂に入ってゆだったり、うつらうつら寝たり、結婚を解消することを考えてぼんやりしたりしていた。今考えてみても不思議な光景だった。

そして奥さんの作ったご飯は最高においしかった。

奥さんはもともととてもふっくらしていて、しかもお腹に赤ちゃんがいて、いっそう丸々して安定していた。

そこに私を連れて行ってくれた知人はものすごくエキセントリックな人で、お父さんが再婚する相手の人格を知りたいから、会ってその会話を録音する、よくないところがあったらお父さんに聞かせてやる、などと言い出したので、私としてはちょっとそれは苦手な感じかもと思い、彼女と離れてしまったので、そのご夫妻とも離れてしまった。

先日ふらりとその料理屋に立ち寄ったら、昔は若かったご主人がすっかり白髪になっていて、奥様はどうしてますか？　とたずねたら、とっくの昔に亡くなって、あのときにお腹にいた娘はもう十九歳だよと言われた。

あのすばらしい料理の腕や、にこにこしている顔や、ふっくらした背中が切なく頭をよぎった。

あの女性こそが、私をタオルで包んで自分の家の居間で友だちと一緒に寝かせてくれた人こそが、何にもしないで誰かにすっかり面倒を見てもらえたことがありますように、もしそれが叶わない働き者の人生だったなら、せめて天国で憩っていますように、と祈った。

　エキセントリックな知人と、心疲れた幼なじみと、知らない家で半裸でごろごろ寝ながらうたた寝したりおしゃべりした一回こっきりの体験を、曇り空が広がるベランダからの、休日の曇った空の下の東京の街の景色のことを、決して忘れないだろう。

　中上先生も、薬草風呂の奥さんも、もう天国に行ってしまった。

　そしてあの頃の私の日々はぐちゃぐちゃだったので、エピソードもムチャクチャだ。

　一体なんだ、そのコース。

「家出した友だちがいきなり家に来る」「中上健次とカラオケで歌う」からの「ほとんど知らない夫婦の家に行って風呂に入って寝たり食べたりする」って。

　独身ならではの美しいヘンテコさ。

タイラミホコさんの時計

◎ふしばな

珍ルール

昔、このことについては何回か書いたので、何回も読んでしまう人にはごめんなさい。

大学生のとき、バイトの面接に行った。

お料理教室のアシスタントのバイトで、面接を受けに来た人は一部屋に集められた。それで、数万円の鍋のセットをローンで一セット以上買ってほしいと言われた。それを使って仕事をするので、必須であると。

そしてこの鍋は何十年も持ついい品だから、決して損ではないと。

「ねえ、これって鍋を売るための場だよね」

と私は隣の人に小声で言った。

すると隣の人はつぶらな瞳で「でも良さそうな鍋だし、私は買ってこのままバイトに残ろうと思うわ」と言うのだった。

「では鍋のセットを買わない人は自動的に一次面接で落ちたことになるので、お帰りください」と言われ「帰るに決まってるじゃん」と思いながら帰ったのは、なんと、私だけだった。

時々思うのだ。

あの子達は、わかっていてだまされていたのだろうか？　それとも、本当にいいことだと思って鍋を買ったのだろうか？　今は多分もうお子さんもいたりするだろう彼女たちは、あの後一回でもバイトしてお金をもらったのだろうか？　それって鍋代をちゃんと超えたのだろうか。

そして彼女たちの家にはあの鍋のセットがあるのだろうか？

謎すぎて、まだもやもやしている。

バイト先というのは、基本的にそういうことが起こりかねないものだということをよく覚えている。それぞれのバイト先に珍ルールがあった。

「お茶は三分の一まで減ったところで初めて作る、しかしお茶パックは二回使う」（不衛生）

「月に一回来るイケメンの上司にバイトの人は話しかけてはいけない」（お局が怒るから）

「レジが昭和から変わらないので手動、よって自分で計算」（お客さんによく計算してもらった）

ある出版下請け会社でバイトしたとき、そこでは車のカタログや旅行雑誌を作るというのはお金のための仕事で、密かに宗教っぽい感じだった。教祖さまにあたる人の書いた一万円の本を勧められた。それは私にとって全然違う角度からとても興味深い本だったので、買ってみた。そして読んで、ちっとも納得できなかったので、感想を上司に特には伝えなかった。意欲的な本で面白かったです、くらいは伝えただろうか。よく覚えていない。

そのプロダクションの経営者の男女はつき合っていて、でもなぜか結婚しようとしていなかった。女性はしきりに二人の関係をバイトの人たちに公表したいと誘うのだが、男性は知らんぷりをしていた。でも二人はとても仲良しだった。

一から十まで世慣れていない人たちが集まると、結局理想を追ってしまうのだなあと私は思った。時々考える。あの二人は結婚しただろうか？　しないで今も一緒に働いているのだろうか？　まだあの宗教みたいなものを続けているのだろうか。それとも……。

私が作家になったときに、いち早く「おめでとう！」と電話をかけてきてくれたあの人たち。

「だからうちで仕事をしないか？」でもなく「いい仕事を回してくれない？」でも「やっぱりうちの教祖さまを広めない？」でもなくて、ただただ普通に。

今思うと、なかなかいない、いい人たちだった。

その宗教から派生したアイドルグループのライブに来ませんか？　と言われ、忙しいからとお断りしたらあっさりと引き下がってくれたし、あれは、本当に勧誘ではなくて普通に喜んでくれていたんだと今も思う。

だからと言って、友だちになれるような人たちでは決してなかったけれど。

バイト関係で出会った不思議な人たちのことを考えると、なんでだかわからないが気が遠くなる。

あの人たちがおいしいものを食べたり、生活したり、家賃を払ったり、きっと今もしているのだろうと思うと。

いろいろな人が、ただ闇雲に生きているんだなあと思う。

自分もそうだけれど、そうやってみんな短い時間をこの日本で働いて生きて死んでいくんだなあと。なんだか愛おしい感じがする。

写真は梨ミ（ふなっしーのファンミーティング）に行ったときに、必死で撮ったもの。お客さんたちを見ていたら、なんとなくだけれど、バイト先で出会ったもう会えない人たちを思い出した。高い年齢層のせいだろう。

生ふなっしー！

上海蟹の朝

◎今日のひとこと

くるりの「琥珀色の街、上海蟹の朝」の、タムくん[*24]のPVが大好きです！　なんていい絵なんだろう。

この間、勝井祐二[*25]さんとユザーンのライブのゲストにくるりの岸田さんが出てきて、その佇まいと歌声の感じだけで、彼がどれだけ人生にも音楽にも、チャレンジャーであるのかが伝わってきました。

彼の心と体はいろいろなことを乗り越えてきたんだろうなあ、と思いました。

勝井さんとユザーンだって同じです。音を

台北のお菓子

聴けば、たくさんのことを（学んできたクラシックからの移行とか、インドで暮らすとか）乗り越えてきたことがわかります。

そういうのって音を聴けば、佇まいを見ればわかってしまうことなんですね。

わかってしまうのが怖くて、わざとあたりさわりのない、深みのない音楽を聴きたいことだって人にはあります。今は特にそういう時代なのかもしれません。

震災の直後に私を心底癒したのは原マスミさんのライブでした。原さんの声を聴いていたら、いろいろなことに対する涙と共に、命の力が蘇ってくるのがわかったのです。

その中には「震災直後に両親の様子を見に行ったら、阪神淡路大震災のときのような生き生きとした反応や意見がなく、ただ寝たきりだった。父は阪神のときはすぐに現地に見に行っていたのに。ああ、もう今はあの頃とは違う、そういうときなんだ」（しかし、父はそのあと、津波のトラウマはそのあと長い間大変な影響を現地の人たちに与える、対策をしなくてはいけないとしっかり発言していました）と実感したという少し不謹慎な涙も含めて、包み込んでくれた気がしました。

悲しいときには悲しい歌を歌うんだ、と沖縄の人たちは知っていると睦稔さんの本に書いてありました。悲しいことがあった人との集いのときに、若き睦稔さんが励まそうと思って楽しい歌を歌ってあげたら、それは違う、と言われたと。

すごくよくわかります。

たとえそれが主流にはならないようなものでも、受け手の自分さえ理解していればいい、自分の心を癒し力づけてくれるなら、それが自分の好きなものだ。そして、乗り越えてきたものがある人の作品は、必ず人の胸を打つ。

それが希望です。

実家の巨大ネコ再び

◎どくだみちゃん

あの日

イタリアでカプリ賞というのをいただいた夏の思い出。

カプリにあんなにダラダラいたことはない。今まで遊びに行ったときはいつも基本的にナポリから日帰りだったからだ。

毎日ホテルでダラダラした。

ベランダからは、きれいでもないし、汚くもない、よくわからないけれどなんだか楽しい、ホテルの屋上ばかりが連なる景色を見た。

毎日マフィアとか造船会社の怪しい人たちと、そこからお金を引き出すアーティストやプロデューサーと嚙み合わない英会話をして過ごした。

イタリア人というものが、基本的に心底テキト～だっていうことを思い知った。

いわゆるパーリーピーポーもいっぱいいた。

夕方になるとただ酒を求めて着飾っていろんな人が街に出てくる。

それから高級パーティに出る着飾って浮かれた大人たちもこぞって出てくる。

その感じがなんだか古臭くて、すごくいいのだ。

ドレスアップ、広場のバールでとりあえずスパークリングワイン。夜が始まる！　みたいな雰囲気。

その辺にある服屋と宝石屋の最低価格はみんな十万円を超えてい、何も買う気にならず、バッグを一つだけ買った。

そして私たちはホテルの隣で安いアイスばっかり食べていた。アイスのコーンが手作りでかなりおいしかったのである。

ホテルのレストランにも飽きたが、よそは高くてまずいレストランが多かったのでそのレストランばかりに通っていた。

大好きなアクセル・ムントの屋敷を再訪したり、青だの白だのいろんな洞窟を見たり、あんなに時間に余裕のある旅はもうできないかもしれないなというくらい、小さい息子を連れて島中を巡った。

授賞式ではホテルの屋上に美しい会場ができて、人々は夜景の中でライトに照らされながらスパークリングワインを飲み、アペリティフをつまみ、かなり優雅な雰囲気だった。

みんなが津波の話をしてくれて、日本に対する思いも語ってくれて、とてもありがたかった。

私はくるりの有名な曲からタイトルを取った「ばらの花」というエッセイを朗読した。

イタリア語でそれを隣で読んでくれた若い女優さんは、すごくいい子だった。

帰り際に赤いばらの花のカードをくれて、これは祖父母の切ない思い出の場所にまつわる花だと語ってくれた。

彼女と舞台の上で、並んで、同じ文章を日本語とイタリア語で交互に読んでいたとき、私は幸せだった。目の前には友人と夫と息子がいた。

実に奇妙な日々だったのだが、その瞬間を思い出すだけで、他の変なことは皆払拭される。

あれほど旅らしい旅はなかった。

そしてあれほど家族で同じ部屋に長時間いたこともなかったかもしれない。

洗い髪でそのままホテルの下に降りていって、隣のアイスを立って食べる。髪は濡れたままで、光がいっぱいだった。広場まで行くととんでもなく切り立った崖と真っ青な海が見えた。

そこにいるときは「飛行機間に合うかな」とか「船酔わないかな」とか「ここまで街で英語が通じないともうしゃべらなくていいか」とかそんなことばっかり考えていたけれど。

今思うと、あんな変な場所に住んだことがないなと思う。

街は全部崖の上。港は崖の下。友だちを迎えにいくために急な坂を上がったり下がったり。

なんだか夢の中のことだったように思える。

カプリの典型的な風景

◎ふしばな
心の不思議

これもあるあるが多そうでドキドキするのだが。

「すごく悲しい」「淋しい」を「意地悪をする」「わざと人を傷つける」でしか表現できない人種というのが、確実な割合でこの世にいる。なんて気の毒な習性だろうか。

私は常にそれを不思議に思ってきたが、考えてみたらうちの母もそういうところがかなりあったので、それは人間の心の働きの中で当然のことなのだろう。

自分はむしろ「心細くなるといっそうおとなしく優しくなるタイプ」（こういう人たちも一定の割合でこの世に存在している）で、

これもまた良し悪しだと思う。周りを巻き込む度合いが高くなり大変な迷惑をかけかねないからだ。

でも、人それぞれの発散の仕方があるので、自分に合う方法ですればいいと思う。

ただ、どちらにも言えることは、どちらのタイプにしても、それを大きくやってしまっていて、生きていく上でくせになってしまっている人は、決して大金持ちとか会社のトップとかにはならないということだ。

私はヒエラルキー的なものとか、一部の権力者が富を支配している系の話とはなるべく無関係でいたいタイプなんだけれど（このことに関してはホドロフスキーの思想だけを頑なに信じている）、偏った感情表現を得意とする人たちが決して人の上に立たないのを見ていると、もしかしたら世の中って案外正確なのではないかと思ってしまう。

「これほどの人徳者が何者でもないなんてありえない」という人がいた場合、それは本人がそれを望んでいるのであって、たいていの場合はその人が望んでいる位置にいる。

案外世界は正確なのでは？　と思わずにいられない。

ということは、自分の感情を周囲に撒き散らかさないということは、自分の望むものを手に入れたかったら、必須と言える。

二代目社長はダメだ、というケースが多いのもそれとかなり近い話だと思う。

すぐ泣きわめく悪魔のような女が男を絶や

さないのをよく見るが、長い目で見たら安定は望めない、そんな気がする。男はそこまでアホじゃない。でも「俺がいてあげないと」というのはどんな男でも持っている最後のカードくらい重要な、男としての思想の根幹なので、とことん純粋な悪魔なら意外に玉の輿はあるかもしれないな。

カプリの授賞式、生演奏つき

よく考えてみたら

何か特別な治療法を勧めたいとか、これをしてはいけないというのを言いたいのでは決してなくて、前から疑問に思っていたことがありました。

◎今日のひとこと

何か不調が生じて、あるとき病院に行き、検査して、病気が見つかる。

結果を聞く数時間前まで、不具合はあったけれど、病気だという意識ではなかった。

しかし、聞いたとたんに「病人」になってしまうのです。

例えば喘息《ぜんそく》の発作で緊急入院、骨折で救急

奥沢「ミカド」のシャコバサボテンの花

車で運ばれ処置を受ける。助かった！

　これならよくわかります。

　でも、そういうのでないと、なんだか不思議なんですよ。

　だって、さっきまでの自分と何も変わらないのに。

　内視鏡の検査の直後に「ハシヤ」[*26]の「ハマグリと唐辛子のスパゲティ」を食べた自分もどうかと思うが……。

　尾籠《びろう》な話で恐縮ですが、今のうちの日常あるあるで、私は寝室ですやすや寝ている、そして目が覚めて、見えるところに犬のウンコが落ちていることに気づく。

　もしもそこで「まだ寝よう」と寝てしまったら、それはそのままただそこにあり続けます。

　でも気づいてしまったら、気になり始めてしまう。

　気になり始めるのはいいが、気になりすぎてすぐとり除きたくなったり（なりますよ！）。

　しかし、しかしですよ。

　もしいったん目が覚めて気づかなかったら、同じその臭い部屋でずっと寝ていたら、そのウンコは「ないのと同じ」状態にあります。

　そんなこと言っても不衛生だし、早く気づいてよかった、ともちろん片づけるのですが、もう一つの可能性、

「気づかなくて臭くなかったから、ずっと寝てたんだろうと思えれば、片づけるときも神経質にではなくゆっくり片づけられる」

　これ！　これと同じだと、私はなんとなくですが、思うのです。

ゆっくり考えて、納得いくように片づけて、自分のペースで生きるのです。

羊めんと姉

たくさんのバラ

◎どくだみちゃん

小沢くんの勲章

小沢健二[*27]くんは、すばらしい歌を創り歌う。

若いときからかっこよくて賢くていつもすてきな服を着てる。

この間会いに行ったら、小沢くんと奥さん双方の右肩に、真っ白いシミがあった。

同じ場所に決まっている。

それは赤ちゃんを抱っこしてちょうどよだれがつく場所なんだ。

私はそのかっこいい黒いパーカーのシミを見て、胸がいっぱいになった。

それは汚れじゃなくて、人生で一番大変な時間の、一番幸せな勲章。

こんな時がいつまで続くんだろう、しんどいな、苦しいな、一人になりたいな、自由に動きたいな、そう思っているから、その時はそれどころではない。

そしてあっという間に過ぎてしまって、もう二度とそこは汚れない。淋しいくらいに。

私は昔、赤ちゃんってどう抱っこしていいかわからなくて、怖くて、できれば抱っこさせないで！　くらいの人間だったけど（でも生まれたての毛が濡れていて死にそうな猫とかは、扱えた。偏っている）。

でも今は赤ちゃんという赤ちゃんを抱っこしたい。小沢くんちの赤ちゃんは結局泣かせちゃったけど、私の服にもその白いシミがついて、すごく嬉しかった。

うちの赤ちゃんを抱っこして、よだれがついて、それを本当に汚そうにすぐ拭く人たちをたくさん見た。当然だろうと思うし胸は痛まなかったが、そんなにすぐ拭かなくちゃダメか？　とは思ったな。

そして不思議とそんな人は去って行った。私におごってほしい人とか、利用したい人がいつのまにか消えた。

あの日の私の小さな赤ちゃんよ、ありがとう。

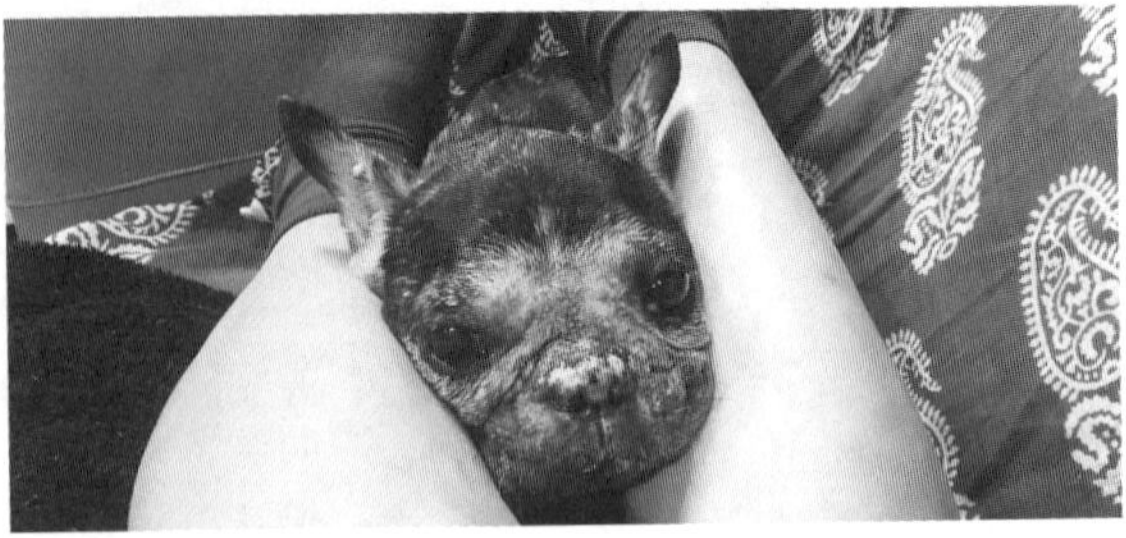

足の間で寝るオハナちゃん

◎ふしばな
元に戻る

不思議でしかたがないのだが、プリミ恥部[*28]さんはこんな変な名前なのに、すごい人だと思う。

私はずっと彼を見ているけれど、隠している本性とかエロさとかを全く感じたことがない。一緒に飲み食いしたり歩いたりもしているが、卑しく貪るところが何に関してもない。対談[*29]もしているが、どんな球を投げても正確に返してくれる、あまりの賢さに感動した。森博嗣先生の賢さとは全く違うタイプの論理性なのだが、揺るぎなさがあるのは共通している感じがする。真に知性的な人の特徴で、とにかくものを見る視点が多角的で冷静なのだ。

パジャマだったり、舌だったり、いろいろ誤解を受けやすく設定してあるのは多分、それでも来てくれる人を選別する意味なのだろうと思う。

それもきっと天（宇宙）が決めたことで、彼が頭で考えて売り出そうと思ったようなことではないのだと思う。

彼は批判しないし、選ばない。

すごくいろいろ感じたり考えたりしているだろうけれど、押しつけない。

半信半疑で初めて宇宙マッサージを受けたとき、背中が温かくなると同時に、いろいろな映像が観えてきたのを覚えている。目の前に亡き父が立ったり、プリミさんの前世の姿みたいなものが懐かしく見えたりした。

体と蓄積した疲労や偏りの関係がよくわかった。

夫のロルフィング[*30]とかなり似ていて、決して気持ちとか思い入れ的なものではなくて、体の部位によって正確に、その場所にためている過去の感情が違うのがわかるのである。この感情は胃に、この感情は腰に受け止められていたんだな、みたいな。図解でわかるくらい正確に対応していた。

前世の映像が見える、こういったサイキック的能力を論理的に分析するのも簡単なことで、脳が「今のこの状況に似たものは？」というのを知識の海から引っ張り出してきて、いつどこの時代のどんな人のイメージであるかに置き換えているのだろう。ただ、面倒くさいから前世という概念を採用しているのである。

私とプリミさんはその映像の中で、ひたすらに修行していた。無言の行とか。それですごくお互いを友だちとして大切にしていた。私は師の彼女の一人だった。プリミさんは男の弟子だった。

宇宙マッサージを受けると、泣けてきたり、ただすやすや寝たり、じんわり幸せになったり、いろいろあるんだけれど、

「これは、すごいなあ、今、なんか抜けて飛んでいったぞ」

と思った瞬間、大きな雷が鳴ってシンクロした時が、すごく面白かった。遠くまで精神の旅をしたような感じだった。きっと瞑想ってああなりたくてするんだろうな。

あと、やたらに野球のボールだとか野球チームだとかが見えたときがあって、聞いてみたら「フラワー・オブ・ライフ」[*31]の図形とか展開法を私の第三の目に送っていたのだが、それは極めて野球のイメージに似ているから伝わってよかった、と言われた。私って、いったい。あんなにフラワー・オブ・ライフを読んで学んだのに、野球優先かよ……。

私は毎日をいろんなことをしながら生きてきて、いろいろなものを深く暗くためていて、それをプリミさんがかきだして、と書くとなんとなくセックスのようなのだが、もしかしたら宇宙マッサージっていうのは、霊体の交わりなのかもしれない。もしかしたらそれは神事であり、まさにピンクレディーがUFOで歌っていたように　笑、エロいことでは本当にないものなのかも。なぜならここまでエロくない男性はなかなかいないからだ。彼に

はダイヤモンドのような愛しかない。

初めに出版した本[*32]を読むに、彼はかなりの憑依体質で、その状況と人生の折り合いを明るくつけること自体が修行だったのだろうと思う。

全く違う道を通って成長し、私たちは出会った。

「日本のために」という大げさな言葉を、私はどうしても否定できない。

お互いに別のところですっくと立っている。そしてたまに姿が見える。お互いがおかしなことになっていないので、まだ自分も歩けると思う。

困った時にはお互いの才能で助け合う。

それしかできないんだけれど。

宇宙マッサージを受けて、私の心はもともと持っていた明るさを取り戻した。そうそう、私ってこういう人間だった。欠点だらけだけれど、こうだったよなあ。どうして失ってしまったんだろう？　ああいうことがあったからか？　こういうこともあったな、悔しかった、悲しかった、淋しかった。でもいちいち思い出さなくっていいや、だって、今は今だもん！　昔は俺って細かったよな〜。みたいな自分になった。

それは変わったのではない。単に元に戻ったのだ。

元に戻ること以外に、人間が治る手立てはない。

プリミさんと

やり直す

◎今日のひとこと

私は基本、結婚式とかお葬式に出ないことにしています。

大切な人のお通夜はたまに行くけれど。

中心にいる人たちのための会なのに、私が行くとなんとなくわさわさするのと、有名人の端っこにいるから写真など頼まれてたいへん面倒なのと、スピーチを頼まれたりしてこれまた面倒だからであります。

そんな私がたまに出たある結婚式で、お父さんが大変にすばらしいスピーチをしました。

この娘さんのご両親は離婚していて、お父さんはふだん近くにいないけれどこの時はい

「ティッチャイ」の春雨

らした、そんな状況でした。

内容をかいつまんで書くと、

「高校の頃、娘は数学でどうしてもわからないところができて、そこから進めなくなった。なので、いっしょに教科書の最初から戻って勉強した。最初に戻って、ひとつひとつまていねいに学んでいったら、なんとわからないところがわかるようになっていて、先に進むことができた。もしこれから結婚生活や人生で同じことが起きたら、同じように最初に戻ればいい。最初に戻ってひとつひとつ考えて解いていけば、必ず理解できていつのまにか先に進めるようになる。だから恐れずに、あのときと同じように、もし行き詰まったら、とにかく最初に戻って一から考えればいいんだ」

そういう内容でした。

こんなすごいこと、単純だけれどすばらしいこと、なかなか言えることではありません。良い家柄の人たちの結婚式だったので、国賓みたいな人もスピーチしていて、それはそれですばらしかったんだけれど、そうしたスピーチになんら劣るところのないスピーチでした。

時々、何か「これはどうしたらいいかなあ」と思うようなことが起きたときに、このお父さんのスピーチを思い出すことがあります。

よそのうちの娘まで癒してくれて、さらにおっしゃってることが真実なんだから、全くすばらしいお父さんとしか言いようがないです。

だからこそ、この人たちの離婚は、しかたなかったんだろう、よほどのことがあったのだろう、と心から納得できます。

いっしょに覚えているのは、来賓でも娘さんのご主人のご家族でもなく、お父さんがほんとうに娘だけに伝えようとした、そのまなざしです。

「お父さんも離婚しちゃったやん」「もういっしょに暮らしてなかったやん」なんていうツッコミを完全にはね返してしまうような、愛のこもった、堂々とした、力のあるまなざしでした。

旅立つ子どもにスピーチを送るなら、こうでないと、と私は深く学びました。

台北のホテルのかわいいケーキ

◎どくだみちゃんへそ灸のこと

へそ灸の治療院を経営しているご家族は、人を癒すために生きているという強い意識を持っていた。

いつも柔らかい言葉で話し、決して慌てたり焦ったりしない。

相手が間違ったことを言っても「それは違う」などとは言わない。

そうかもしれないですね、でも、こちらの記録ではこうなっていますよ、と笑顔で教えてくれる。


へそ灸をしている間は動けない。

おへその中に薬を入れて、その上にお灸を乗せるので、動かないでおへそを暖めるしかない。

スマホも本もTVも見ることはできないが、眠ってしまってもいい。

そこまで何もしない瞑想のような時間、それもまた大切なのだと思う。

じっとしていると、ドアの外で待機してくれるお姉さんたちの優しさが感じられる。

何かあったらすぐ行きますよ、七分間に一回、必ずお灸の様子を見に行きますよ、そういう気持ちがひしひしと伝わってくる。


父が死んですぐ、私は怒り狂っていた。

医療にも、周りの人たちにも、自分にも、起こった全てのことに。

もう取り戻せない失敗をしたような気持ちもあった。

私は台湾に行ってへそ灸をして、同じ部屋で並んでへそ灸を受けていた友だちに、ひたすらそれを話し続けてしまった。

今思うと、あの怒りこそが悲しみの表現だったのだろう。

友だちもよく耐えてくれたけれど、へそ灸の人たちも優しかった。

決して「おしゃべりをしないで休んでください」とは言わなかった。

私の様子を見て、そう判断したのだろう。その人たちのそんな優しさを、私は一生忘れないと思う。


子どもがまだ小さいころ、しょっちゅうへそ灸の部屋をのぞきに来たことも思いだす。子どもなのに足湯が大好きで、足湯だけやらせてもらっていた。

そんなときも、へそ灸の人たちは、「入らないで！」とか「足湯なんて子どもはしなくていい」と決して言わなかった。

決してイラっとすることもなかった。

それこそが、人の健康を扱う人たちの堂々たる在り方だと私は思った。


ドアの外で、あの人たちが待っている。

七分後には優しくお灸を換えに来て、そっとタオルをかけてくれる。

そんな中でうとうとしていると、赤ちゃんに戻ったような気持ちになる。

怖いものがなかった頃みたいに、安心する。

そして私は治っていく。元に戻っていく。

へそ灸

◎ふしばな

目の前でものごとがだめになっていくのを見ているしかないとき

犯罪や借金のようなことにもこの考え方で対応できるし、生活の破綻がいちばんしっくりくるたとえかもしれない。

最初の綻びはたいへん小さいものだ。
会社の経営でも同じことが言える。

え？　どうしちゃったの？　あなたらしくない、これは違うんじゃない？
そんな風に伝えると、
あ、ごめん、うっかりしてた。
寝不足で。
失恋して。
ちょっと考え事してて。
みたいな言葉で補える小さなもの。

その穴が、じわじわ大きくなっていく。
掛け違えたボタンが下の方でどんどんずれていく。
飛ばした編み目が後になって埋められない穴を作る、そんな感じ。

全てが終わってから考えてみると、きっとその小さな綻びに突き当たる。
あのときから、おかしかったんだ、あの人。

そんな人はおかしなことばかりしているわけではない。そうやって綻びができている間にも善行を積んでいる。
その蓄積がちょっとずつその人を助けよう

として、小さな光を投げかけてくれるが、まるで百円くらいのお金をもらってもすぐ消費してしまうような感じで、その光のエネルギーを先に続けられなくなる。

ちなみにすごい人とか、いつも破綻がないように見える人というのは、本能的にその百円を先につなげられる人である。

カズレーザーが成功しても生活を変えないで小さな部屋に住んでいるのは、まさにそういう行為なのである。

あ、ちょっと綻んでる、あの人。

今のつまずき、けっこうでかい。後に悪く出ないといいけど。

そんなとき、周りは求められたらちょっとアドバイスするくらいしかできない。基本はその人の人生であり、本人の問題だから。

周りはただ見ているしかできない。

基本、本人というものは見たくないものは見ないし、聞きたくないことも聞かない。

そしてますます頑なになって落ちていく場合が多い。

行くところまで行く前に、気づくといいのだが……疲れ果てているので、たいていは意地になって間違った方法で立て直そうとする。

本人にとっては多分、

「こんなにがんばっているし、いいこともしてきたし、何も悪いことをしていないのに、あんまりだ。神も仏もない、誰か助けて！　できれば自分の伴侶だとか恋人だとかに気づいてほしい」

という心境なんだと思うんだけれど、たいてい問題はへとへとであるところにあり、休めば治るのだが、もう休めないところまでいっている場合が多い。

あるいは頑なに見ないで来たものが大きな山になってしまっているので、ますます見ないために首の角度が固定されていたり、山を見ないふりをして川を讃えるなど、すり替えがなされたりする。

こんなときに寄ってくるのが詐欺師で、かっこうの餌食である。

そういうときは、全てを整理して、小さく小さくなるしかないのだ。

地を這うように、一つずつていねいにやるしかない。

例えば私だったら、初めて本が出て印税が入ってきたとき。

その時と同じ収入でいいですよというわけにはいかないから三十年のキャリアは捨てず、ただ、気持ちだけはあの日の気持ちに戻る。

「うわ〜、いつも行くバイト先の本屋に、私の本が平積みになっている！」

バイトの休憩中に見た、あの光景に。

そしてそこで見える景色に忠実に、トカゲのように、わらじ虫のように、じわじわいくのである。

これほどのリセットチャンスはないので、良かったなくらいの楽観視で、サボらずに、じわじわと這うのである。

次に飛び立ったとき見える景色は前とは全然違う、より高いところを飛んでいるはず。

風邪ひきの日々

◎今日のひとこと

数年ぶりにすっごい風邪を引きました。「最近風邪も引かないし、私イケてるんじゃや」と過信していた天狗の鼻をポッキリへし折られました（私のこけしの先生によると、実際今年は鞍馬山の天狗の鼻が雪の重みで折れたそうだし！）。

きっかけは多分、年末に長年溜まっていたあごの緊張を一気に解く施術を浜野さおりん先生[*33]（勝手に『ん』をつけて呼んでいるのは私だけです。超美人で見るだけで眼福！）に受けたことでした。

その日から、体の中で何かがどんどん変化

冬の木々

して、その隙間に年末の忙しさが重なって風邪が入ってきたみたいです。そして奥から奥から当時の痛みが出てきました。

長い間熱も高く咳も止まらず、正直まだ回復してないんじゃないかと思うのです。たまに咳の発作が襲ってきます。

風邪が一番むつかしい、ふだん前かがみの人が風邪をひくと気管支までいかないと治らなくてかなり厄介なことになる、それでもやはり風邪は引いたほうがいい。そうでないとこういう体質の人はやがて肩が前に落ちて結核や肺炎になる。痰が出るようだと体は水分不足なのだが、水はごくごく飲んでも素通りしてしまうので、含んでいったん捨て、その後ちびちび飲むといい……という野口晴哉先生の教え「風邪の効用」を読み返したりして。

ゴホゴホしながらも。

あごを緩めていただいたときに、そもそもあご付近を病んだときのことがまざまざと思い出されてきました。

父が死んでいく頃、インフルエンザ病棟の脇を日々通っていたのでインフルエンザが二回もうつってしまい、とてつもなく痛い中耳炎になって（場所が悪くてもうちょっと車が揺れると泣き叫ぶほどの鋭い痛みだった）、高熱が出て、顔が腫れて、あごが動かなくなった、そのときに気持ちと一緒に父の死を乗り切るべく踏ん張ろうとして、ぐっと力が入ったまま固まってしまったんだ、ということ。

きっと緩めたことと相まって、このひどい風邪が必要な時期だったたんだろうなと思いました。年末年始はそんなに仕事も詰めないでいたけど、やっぱり犬の介護疲れかな、と反省したり、十一時間くらい寝ては、どんだけよく寝れば自分は健康でいられるんじゃい！と思ってみたり。

　ただ今回は時間はかかったけれど、風邪につられて心が落ち込んだことはないということ、なんと今回は何一つ薬を飲んでいないのに、ちゃんと治ってきた！　という感慨など、いろいろ思いながらも、どうしてもじっとしていなくていくつか仕事をしてしまったことを仕方ないなと思ったり、これからに活かそうと思ってみたり。

　大きな病気になる前に、こうしていろいろ考える時間をもらえるって、すごくありがたいなあと風邪に対して優しい気持ちになってみたり。

　いつも並びとか席取りとかチケット販売の時間にすごくうるさくって、いいじゃん、も～、と思っていた近所の440の店長や店員さんが咳こむ私にすごく親切にお水を持って来てくれたりして、じんときたり。

　そしてそのあごの治療の夜、痛くて噛めない状態なのに、最後まで生ハムと鶏の丸焼きを食べようとしていた自分。さらには「消毒じゃい！」と言わんばかりにカヴァもお代わりしていた自分。さすがだな～、と思います！

立教大の学食、なんてすてき

◎どくだみちゃん

あの頃を味わう

お店のおばあちゃんが私にお茶を運んできて、

私も飲もうかしら、とお茶碗を持ってきてポットから私のお茶を注いで持って行ってしまった。

娘さんは恐縮して、

ごめんなさい、母は認知症なの。

とすごく謝ってくれた。

私はお母さん、一緒に飲みましょうと言った。お母さんは「そう？　ありがとう」とお茶を飲んでいた。

そうそう、認知症の人って、もしかしたら昔、若いころ、心の中でお茶を運びながら、「私も飲みたいな」と思っていたのかもしれない。

みんな無邪気に隣の人のお皿から何か食べちゃったりする。

そういうことをしたいな、とどこかで思っていた自分を後まわしにする人生だったのかもしれない。

お母さんはもう一回戻ってきて、またお茶を持っていった。

なんだか出がらしねえ、と文句まで言っていて、私は笑った。

娘さんはますます恐縮して、場の雰囲気は一見気まずいんだけれど、私はすごく嬉しく思っていた。

お父さんとお母さんが生きていた最後の時間、短い平和なときの混沌が蘇ってきた。

おやつを食べるように、その混沌の幸せを味わう。

明日どうなってもおかしくはないお年寄りたち。転んだり、ちょっと入院してまた帰ってきたり。今回はまだ大丈夫だったねという、短い合間の、神様がくれたあのひととき。

何年の何月何日に倒れたら、もう病院からは戻ってこないんです。

だから今夜は家で寝る最後の夜ですよ、とか。

今度転んだらもう歩けなくなりますから、最後の散歩はこれですよ、とか。

もしも神様がそんな風に教えてくれたら、その日まで思い切り安心して怠けられるのに。甘えられるのに。

だれにとってもそれはわからないから、最後の方の日々はいつもちょっとヒヤッとしていて貴重な感じがしていた。背中の後ろの山の上から死の匂いが迫ってくる中で、焚き火を囲んでいるような、落ち着かない温かい日々。

立教大の中

◎ふしばな

枠を超える

　あんまりふたりきりで出かけたことがない友だちと、高熱のときに待ち合わせをした。

　彼女の心からは、一緒にいる間中、私が具合が悪いということが一回も離れなかったのがわかった。もちろん私が八度五分の熱でゆでだこみたいな色をしていたというのが大きいと思うけれど、なぜかこの人は私に何かを期待していない、ということがわかった。楽しませてほしいとか、おごってほしいとか、送ってほしいとか。ただその人のままいてくれたし、必要以上に心配の言葉をちりばめることはなかった。

　だから安心していられた。

　台湾に行っている間もずっと寝込んでいて、一緒に行った友だちとあまり一緒に行動できなかったけれど、安心して寝たきりでいられた。

　前述の友だちとは違い、常にやたらしっかり構ってくれる友だちだったけれど、私がゆだりながら高温の湯に入っていたとき（これが野口先生によると、風邪の一番の治療法だそうです）も、放っておいてくれた。

エスカレーターから目まいで転げ落ちそうになったときには受け止めてくれて、好きになりそうになったくらいだ　笑。

期待に応えなくては、と思う自分がいたからこそ、期待している、という人ばかりが周りに寄ってきたんだ、と改めて引き寄せの法則について考えてしまった。

私は今、ありの〜ままの〜姿見せるのよおお、と思っているから、気取っていないし、もう正直何がどうでもいいと思っている。どう思われてもいいし、もう立派な服を着ないと行けないところにも行かなくていいやとかなりてきとうに思っている。

家の中には犬のうんこが常に落ちているが、それさえもまあいいかと思っている。志村けんのバカ殿に出てくる上島の「めんどくせえんだよ〜」を今年の自分につい重ねてしまったくらいだ。

だからこそ、きっと周りの対応がガラッと変わったんだと思う。

いくつになっても、どうにでも変わることができるのが、人生の面白さだ。こういうことをプリミ恥部さんは基本のプログラムさえ変えればいい、と普通におっしゃっていたなあ。

でもなあ、めんどくさい村民上島をプログラムしてもなんだかなあ……。

立教大の学食の天井もとてもきれい

心に決める

◎今日のひとこと

　昔住んでいたうちの近くに住んでいる、とても良くしてくださったおばあちゃんが九十七歳になって、いよいよデイサービスにお世話になるようになったと言うので、会いにいってきました。

　おばあちゃんは多少足腰は弱っていても、すごく元気でした。

　去年一度倒れられて、骨折もしたと聞いてすごく心配していたし少しあきらめもしていたのですが、「デイサービスでバランスのいいお昼ご飯を食べて、ばかみたいと思ってやっていなかったような軽い運動を言われるま

おばあちゃんの作ったおいなりさん。ごはん粒ひとつがかわいい

まにして、週にふつかお風呂にも入れてもらっていたら、元気になってきた」とおっしゃっていました。

「自分であきらめたらおしまいよ、おいしいもの食べて、ポックリ死ねたらいいねと思いながら、あきらめないでいることがだいじね」

「デイサービスには変な人もいるのよ、いっぱい。昔のぐちばっかり言ったりね。継母にいじめられたとかずっと言ってる人とか。そんな昔のことどうだっていいよ、って言ってやるのよ。だけどいいお友だちもできたしね」

「オリンピックまでがんばりましょうなんて言われるんだけど、オリンピックなんて私には何の関係もないねって言ってやるのよ」

「私の体を洗ってくれる人は女の子でね、前くらい自分で洗うわよって言うんだけど、仕事ですからって洗われちゃうのよ。それで、おじいさんには男の子がつくんだけど、たまに女の子のときがあって、おじいさんたちはもうご機嫌になっちゃってね、寿命が伸びてるね、ありゃ」

と江戸っ子トークも健在でした。

「あんたは、得意なことだけ思いっきりやりなさい。昔はなんでも平均的にできる人が必要な時代だった、でももう時代が違うから。他はなんにもできなくていい、ひとつ得意なことを必死でやっていけば、そこでいちばんになってやる、と思えば、それが職業になる時代だから。あんたはお父さんもお母さんもいい人だしそれをやってきた人たちだから、大丈夫！　必ずできるよ」

とうちの息子に言ってくれるその目の光の

中に、これが最後かもしれないという緊張感がこもってました。

「私がデイサービスに行っている間、娘は私のことを心配しないで自由にやれる、孫のお産も手伝いに行ける。そのことが私にはいちばん嬉しいの。娘のかせになりたくないからね」

「こうなったらあと三年、百歳まで生きようと思う。生きたいな、なんていうことじゃだめね、自分が生きる！　って決めなくちゃ」

こんな人がいるのなら、自分もがんばろう、そう思える年配の人。自分がその歳になったら、必ず「あの人はこんなにたいへんだったんだ」と涙しながら思い出すであろう人。

私はこのおばあちゃんに会えたことを、人生の宝だと思いました。

おばあちゃんの作るおいなりさんを、来年はもう食べられないかもしれない。でもそう思うことさえ、目の前で生きているおばあちゃんには失礼だ。そう思えるすばらしい人。

ちなみに生粋の江戸っ子、一流の江戸っ子の会話には特殊スキルがあって、表向きの会話（これもおろそかにはしないで、全身全霊で楽しく会話しなくてはいけない、かつオチもなくてはいけない）と裏の会話が同時に進行するのです。

裏の会話とは「そろそろ帰ろうか」「これ以上食べたら失礼だな」「この家の人のうち、この人とこの人は仲がいいな、でもあの人とはそうでもないんだな」みたいなことを全て察しながら、全く知らないふりをしてぽんぽんと明るく会話を続け、わかっているということをお互いが言葉に出さずに心の底で認識し合うのです。それができないと野暮だし、それができている人同士はお互いをより信頼していく、そんなスキル。

京都とか金沢とは全く違い、大阪とも似ているがちょっと違う、江戸っ子の会話の真骨頂を私はいつもおばあちゃんに会うと思い出すのです。

おひなさまの器

おばあちゃんは去年も今年もくりかえし私たち家族にそのことを伝えた。

◎どくだみちゃん

平凡がいちばん

この歳になると、平凡がいちばんだということが身にしみてわかってくる。

できないことが増えていく道は、赤ちゃんのときと逆で、昨日までできたことができなくなっているのに驚くことがある。

そして、別に自分だって毎日楽しいわけではない。今日もなにもなかったな、つまらなかったな、人よりも楽しい人生ってわけじゃないな、そう思いながら寝る、そんなことの幸せに気づくのは、なにかがあって、いつものことがいつものようにはできなくなったとき。

文句を言っていたあの日に帰りたいって真剣に思う。そんなことも含めて、平凡な一日が終わることがいちばんの幸せ。

そのことさえわかっていれば、間違えることはない。

この人生には、いろいろな不思議なこともあった。考えられないようなことも起きた。でも、そんなことよりもなによりも、いつもの自分の家で夜眠れる、あたりまえの一日が終わる、そのことがいちばん大切なんだよ。

九十七年も生きてきて、そこにたどりつくなんて、人間ってなんてすばらしいものなんだろう。

私の父も晩年こう言っていた。

「うちはとても平凡な家庭で、なにも特別なものはない。でも並びなき幸せを持っています。遠くからお越しのさいはぜひお立ち寄りくださいね、と言えるということは、どんなすごい小説を書けるよりもすばらしいことなんだ、この年齢になるとそういうことがよくわかってくる」

すごい体験をいろいろして年齢を重ねてきた偉大な人たちが言ってるのだから、間違いない。目を覚まして、特別なんて求めないで、ただそうやって生きていこう、そうすれば私が歳を重ねたときにきっと、同じことを同じように歳下の人たちに、心からの実感をこめて言えるようになるはず。それが私の人生の、とても大きくて平凡な夢なんだと思う。

◎ふしばな
生命力

うちの犬が夜中に体ひとつ分くらいの量をゲーゲー吐いて、なにも食べられなくなったとき、大好きなりんごを小さく噛んであげても食べられないと顔をそむけ、寝たきりになってしまったとき、ああ、もうだめなのかなと思った。

昨日までは私の後を必死でついてきて、二階で仕事していれば二階に、リビングに降りればリビングに、とにかく這うように追いかけてきたのに。りんごを見せるとベッドから飛び降りてがっついていたのに。夜中に私の枕元の引き出しの中にあるプロポリスのタブレットを求めて私のところにねだりにきて、いっしょに寝ようとベッドに上がってきたのに。

そう思って泣きながら寝た。

そして朝起きてみたら、その犬の首のまわりと肩にできたでっかい腫瘍がうんと小さくなっていた。

どうしてだかわからないけれど、肩が動かせないほど大きくて四つもあったその腫瘍たちが、ほとんどなくなっていた。

がん細胞が死んで体の中をめぐって、その毒素で吐いたのだろうか？　それとも命の最後の段階になって全てが縮小しているだけなのだろうか？　そこまではわからない。

でもとりあえず彼女はまた動けるようになり、ごはんも食べ、りんごにもまたがっつきはじめた。私について歩くところまで復活して、また夜にはプロポリスをねだりにきた。

この段階でまたここまで復活するなんて、

ほんとうにすごい。生命力の塊のようなその生きようとする根性を見て、私は感動してしまった。

人間だったら、きっともう気持ちの上であきらめてだめになってしまっているだろうと思う。

私といっしょに、家族といっしょに、とにかく生きたいんだよという気持ちだけでがんばってくれているのがわかるだけに、感謝と尊敬しかない。

家中にちらばる排泄物を拭いて歩くことも、これが出なくなったらお別れだと思うとありがたくていやだと思えなくなってきた。

ひたすらに感謝と尊敬しかない関係が持てることが、これまたありがたい。

こんなことがあるはずない、夢物語だ、おとぎ話だ、いいところだけ見てるんじゃないか、そういうことを全部吹き飛ばすものたちはこの世にちゃんと存在している。だれがどういう目で見ようと変わらない確かな立ち方で立っている。その人や動物が個々に決めた在り方で。

人だって動物だって、いつかはみんな死ぬ。だからこそ、そんな在り方が存在することだけに希望があるのだ。

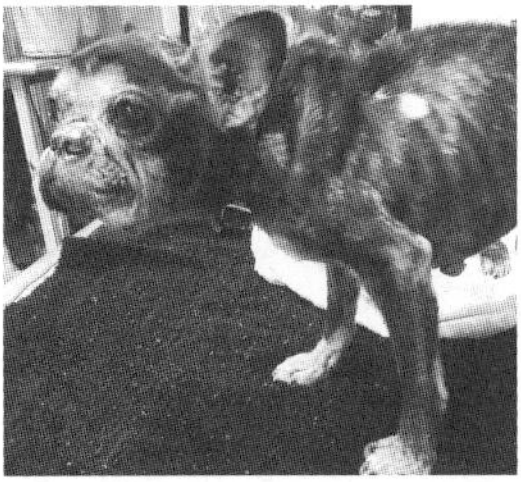

オハナちゃん

ハンサムなウィリアムくん

尊敬ということ

◎今日のひとこと

私はこの仕事をして、ふつうにお勤めしていたら決して会えないであろうたくさんの人たちに、心から尊敬できる有名無名たくさんの人に触れることができました。

有名な人は、なにかを成し遂げたことによってその過程で必要にかられて偉大さを持った人物になっていました。経験によって創作によって、あらゆることに対応できるなにかを得た、偏っていてもそれが汚れにつながっていない、そういう人たち。

そして全く無名の市井の人の中にも、一度も自分というものをブレさせずに生きてきた

なんだかこのメニュー、字といい内容といい、理想的だと思いませんか！

ことが全身から伝わってくる人がたくさんいます。

尊敬できるふるまいをしていたそういう人たちの面影が、常に私の創作の姿勢を支えていると感じずにはいられません。

私が人生ではじめに出会った圧倒的に尊敬できる他人は、小学校時代の親友、佐久間さんでした。どんなときにも落ち着いている彼女は、周囲の人たちからも一目置かれていました。

決して派手ではなく、常に自然な状態にあってかつクールで、いるだけで尊敬したくなるなにかを持っている、そういう人でした。

幼いとき、さんざん怒って家から追い出したり物置に閉じ込めても、いつのまにか裏口から抜け出して、家の中でちゃっかりお菓子を食べているので拍子抜けしたと彼女のお母さんは語っていたっけ。

いちど、父の友人たちに連れられて彼女とスキーに行ったことがあります。

想像がつくと思いますが、全く、ひとかけらもスキーに興味がなかった私は、スパルタなコーチに嫌気がさして、文句タラタラのだらだら滑りでした。

彼女は運動神経がばつぐんで、なにもないところで宙返りをできたり、今でこそボルダリングがあるけれど、そういうのではなく下町の遊びとして、なにもとっかかりのない反った石垣を素手で登っていくことができたくらいの人だったので、スキーももちろんすぐできましたから、ずいぶん足手まといだったであろう私をうんと助けてくれました。

帰りの電車がものすごく混んでいて、私たちはデッキでぎゅうぎゅう詰めになって立っていました。私は私らしく（今と全く変わらず）いやだいやだとブウブウ言っていました。我ながらもはやカスタネダかと思うようなしょうもない役回りだ！

しかし佐久間さんは黙って、じっと立っていました。これはもうしかたないよ、とだけ言って。

あとからそこでいっしょに立っていた私の父が言いました。

「ああいうときに、素直に文句が言える君みたいな性格もとってもいいんだよ。それが人の心をほっとさせるし、素直なのがなによりもいい。でも、佐久間さんがじっと耐えて立っているのを見て、この子は小さいのにいろんなことを経験してきたんだろうな、たいしたもんだなと思った」

彼女の幼少期はすごく引っ越しが多くて、両親といっしょに住んだりまた離れたり、ほんとうにいろいろあったのです。

父は、決して言葉には出さずに佐久間さんのことをさりげなくかばったり、言葉をかけたり、それからもずっとしていました。

今になって思い出すと、あの日、ぎゅうぎゅう詰めの電車の中で、じっと耐える佐久間さんとブウブウ騒ぐ私と、それを見ている父がいた。そんななんということがない光景がとってもすてきに思えるのです。

やっぱり屋上が好き！

◎どくだみちゃん

追悼の祈り

　父が亡くなったとき、私の小学校時代の親友の佐久間さんが、

「私の小学校時代は吉本さんのお父さんがいなかったら、とてもたいへんだったと思う。どうしてもお参りしたい」とメールをよこし、お葬式に来ると言った。

　私はびっくりした。

　彼女に会うのなんて、今や五年に一回くらいなのに、こんなふうにかけつけてくれるなんて。

　父が佐久間さんの良さを認めていたこと、かばっていたこと、つらさを乗り越えて生きていってほしいと願っていたことが、ちゃんと通じていたんだな。

　父は棺桶に入って、完全に死んでいた。

　もしも霊魂というものがあるなら（父はないと言い切っていたが）、みんながやってきては悲しい顔でお焼香するのを眺めていたのだろう。

そこに佐久間さんは淡々とやってきて、手を合わせた。長い間、立って心の中で祈っているのがわかった。

私はその背中を見ていたらなぜか泣けてきた。

きっと父も感動しただろうと思う。


あとで、夫が言った。

もしかしたら、あの人はよく話に出る小学校時代の親友だった人？

私はそうだよ、よくわかったね、と言った。

夫は言った。

あんな立派なお焼香を見たことがない。あんな動きをするなんて、この人はすごい人だと思った。全身からなにかすばらしいものを感じたんだ。


私はあの日、ぎゅうぎゅう詰めの電車で父が親友を認めたように、夫が親友のすごさをわかってくれたことを誇らしく思った。

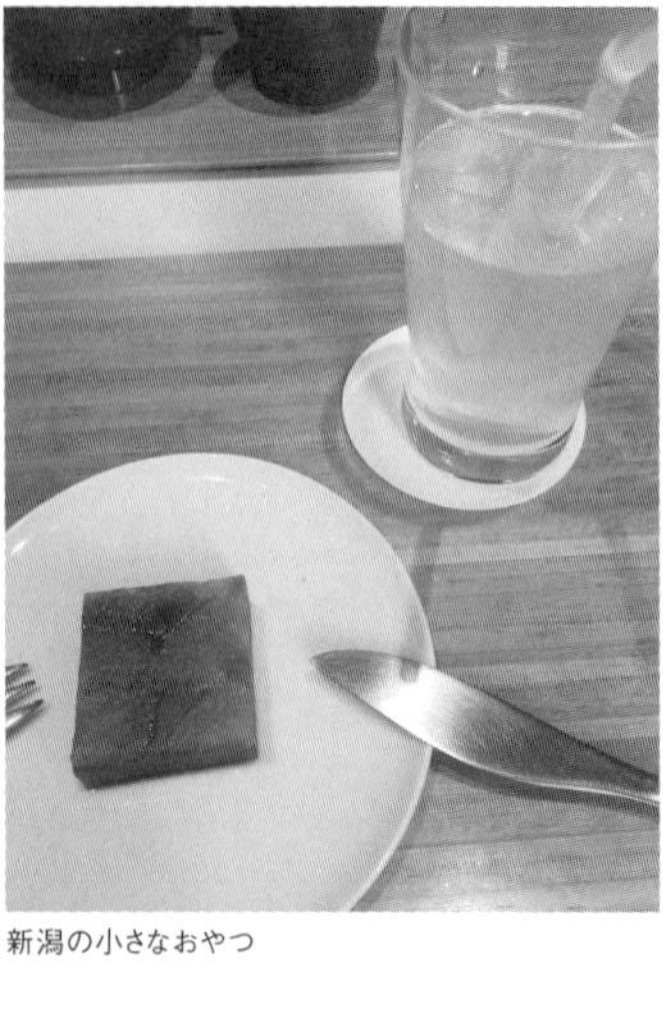
新潟の小さなおやつ

◎ふしばな
開かれた心

私はいつも知っている人とくっついていたいし、知らないところにひとりで暮らすなんて考えたこともなかった。

そういう臆病ものだ。

小説が私を連れていってくれなかったら、どこにも出かけなかったに違いない。

パスポートを取ったかどうかも疑問だなと思うくらい。


ときどき空想してみる。

もしも家族も動物もいなくて、現実に強い好奇心も強いタイプだったら。

このあいだお話が来たメキシコに来ませんか？　というお仕事や、二週間フィレンツェに泊まり込みで私の財団のために小説を一編書いてくれませんか？　というお仕事などにきっと喜んでほいほい出かけただろう。

もしかしたらなかなか帰ってこなかったかもしれない。

向こうに友だちができたり、恋愛したり。

冒険の旅に出るような感じで。


でも小説家っていうのはこわいくらい地味な仕事だから、人と会ったり、恋愛したり、いろいろなところを見て回ったりして冒険していたら、書く時間がなくなってしまう。

冒険している最中にもきっと「早く帰ってこのことを書きたい」と思ってしまいそうだ。

そう、目の前の窓だけが世界への窓でいいか。そういう職業なのでしかたない。

冒険タイプには憧れるが、旅は最小限にし

て目の前の家族や動物と過ごしながら、もくもくと書くほうが嬉しい。

ただ、開かれた心構えについてだけは、意識していたい。

いつも思いだすことがある。

前述の私の小学校時代の親友、佐久間さんは二十代の独身の頃、いっしょにごはんを食べていたら淡々と言った。

「来月から仕事で仙台に住むかも。東京か仙台かは来週決まるんだよね～」

私はその落ち着きにびっくりした。

彼女にはじきに結婚するだろう状態の恋人が東京にいた。

「彼とはどうなるの？」

「続くものは続くんじゃない？　だめになるならそれはしかたないし」

淡々と彼女は答えた。

「すごいなあ、私だったら落ち込んじゃうよ、急にひとりで仙台に住むなんて」

私は感嘆して言った。

「え～？　だっていいじゃない。楽しみだよ。知らないところに住むのって大好き。なんか面白いじゃない」

さすが、パーティ好きのいとこと同居している頃、毎日家でパーティを開かれても全く動じずさりとて参加もせず、自分の生活を続けていた人だけのことはある。

どこにいても彼女は常に彼女のままで、彼女らしい生活をしていた。それはその後、結婚してお子さんをふたりもうけても全く変わることはなかった。決して愛情深くないわけではなく、地に足がついているだけでもない。常に広いのびのびした場所にいるような感じなのだ。

もしかしたら、こういうことをこそほんとうに冒険心があるとか、心が開かれているとかいうのではないだろうか？

出かけても出かけなくても、どこに住んでも、だれといても、自分がある。自分のすることをするだろう自信がある。

「どこどこへ行ってくる！　友だちもほしいし、恋もしたいし、仕事がんばる！」

みたいなこととって、すでに違うのかもしれない。

佐久間さんのような状態こそが、悟りというか、未来をありのままに過ごす構えというか。

あのような開かれ方なら、この引きこもりの私にもいつかできるかもしれないと思うのだ。

新潟の雪景色

変化こそが生きているということの醍醐味

今あるものがなくなる、それは恐ろしいことです。

私たちはもうすぐ個々の家庭にある固定電話をたぶん失うことになりますよね。若い人の部屋にはすでにほぼないのかもしれません。私なんて思い出の中にまだ黒電話がありますからね！

昭和の家の中にある黒電話、それはもう取り戻せない貴重な思い出なのでしょう。

紙の書籍も貴重品になっていくでしょう。うちの子を見ていても、大型の図録や辞典以外では紙の本を全く必要としていないことが

◎今日のひとこと

いちじくの葉はいちじくの香りがする

わかります。こんなに本がたくさんある家にいるのにです。

でも、それはそうですよね、小さい頃からタブレットを見ているのに、なんでわざわざそれを持ち替えて読書するんだよって言われたら、納得できてしまいます。もう時代が違うんです。

私たちは今、チューナーとテレビとレコーダーを各家庭でそれぞれの好みの形で管理し、それから今は映画やドラマをＤＶＤやＢｌｕ－ｒａｙで観たり、配信で観たり。それもまたＡｍａｚｏｎやらＡｐｐｌｅやらＡｂｅｍａやらＴＳＵＴＡＹＡやらスカパーやら。

いろいろな形から選んで観ているわけだけれど、こうなってくると地上波というものの役割がどんどん減ってきて当然ですよね。

もし私の家が「これから絶対なくなりつつある仕事」（もしかしたらそれは小説家かもしれない、いつもそういうふうに考えていた方がいいのだと思います）で生計を立てていたら？　と私はよく真剣に考えます。

贅沢に暮らさなくてもいいけれど住むところがあって、家族を養えて、小説を書ける、そのためにできることを。

これまでとても自然だった私の仕事……原稿を書く、入稿する、ゲラが出る、本になる、プロモする、印税入る……この一連の流れにもう無理が来つつあるのを強く感じます。

最近では「雑誌に載るとプロモーションになるんだからどんなに長時間拘束しても無料です」っていうのが常識になり、すごいときだと出版社の人がお金を払って載せてもらっていたりしていますが、果たして！　雑誌というものを買って読んでいる人が、すでにどれだけいるのでしょうか？　今の子どもたちが大人になる頃には、もしかしたら広告が重要な紙の雑誌はほとんどなくなっているのでは？

　でも今もなおコンビニに行くと「恐怖！ほんとうにあった身近な怖い話」「嫁と姑スペシャル！」などという感じの雑誌があって、こまめに買っている人もいるんだから、ほんとうに混沌です。

　私の場合、必ず買う紙の雑誌は（写真が大きくて嬉しいからという理由が多い）たった五冊になってしまいました。

　だから書籍を出すときの当たり前だった手順がすでにとても遠く懐かしく、もちろんそれは自分の身に着いた流れではあるし、当然一生続くと思っていたのですが、それともそろそろお別れするときがきているんだなあと思います。

　部分的に残るのかもしれないのですが、どこが残るのかは読めません。

　残るのは、優秀な編集者さんとのありがたいつきあいだけということになるのかもしれません。

　それでも小説を読んでくださる人がひとりでもいるかぎり、私はやっぱり書き続けようと思います。せっかく高めた技術を他者のために使いたいのが人間の本能だからです。

　また、いくらいつかなくなる職業であろうとは言っても、例えば歯科医とか歯科衛生士とか、腕のいい人はなんらかの別の形で必要とされ、必ず残っていく気がしますよね。

　タクシーの運転手さんと会話をして楽しか

ったり、いやな思いをしたり、そんな時代も自動運転の登場でもうすぐゆっくりと終わりそうな気配があります。

そしてこれから日本では芸人さんたちが、作家も俳優も女優もコメンテーターも（もうそうなってるが）、とにかく文化人的なものを全て担っていくのかもしれないですね。ということは「そういうものになりたかったらまず芸人になる」という時代だって、ありえなくはないのです。

だいたい私が生まれた頃にはパーソナルコンピューターだって、夢のまた夢でしたから。で、こんなすごい変化の中に生きてきたからといって、昔はよかった、戻りたいとはならないんです。

昔の良さを引き継ぎつつ、常に流れを見ていかなくてはいけないし、そうでありたい。なぜなら、変化こそが生きている時間の醍醐味だから。

人間にしかできないことをしっかり見極めつつ、時代を見ていかなくてはいけない。

今、どんな書店の人よりも、新聞よりも、雑誌よりも、ＡｍａｚｏｎのＡＩのほうが私に正しい本をリコメンドしてくれます。悲しいけれど、これが事実です。

かといって、近所の書店に行っては店員さんとしゃべるのも大好き。どちらも選べる今は、自分にとって最適の状態を見極めていくしかない。

それが人生だと思っています。

おばあちゃんたちがあらゆる録画機器に対応できなかったり、スマホの使い方がわからなかったりするのを笑っている場合ではなく、変化はどんどんやってくるのを肌身で感じます。

感じないのは危機感が足りなくていい状態だからそれはそれ。少数であれ、昔の方法で生活していく人がいるのもすばらしいことだと思います。とにかくバリエーションが豊かなのが文化の豊かさだと思います。

なにか事業をやる、成功する、成功するとお金に余裕ができて料亭に行ったりお金持ちとつきあいをしたりゴルフをしたりして、余暇に楽しみが生まれる、すると余暇のほうが楽しくなってたとえば料亭で飲んでいるときにいきなり会社でなにかトラブルが起きても飛んで行きたくはなくなる、だれかに処理を頼みたくなる。とても面倒くさい新しい機械の導入とか、けんかの仲裁とか、人事とかを人任せにするようになる……みたいな典型的なダメになり方の中小企業の社長さんたちをいっぱい見てきました。

まじめ一徹で変化を嫌う人ももちろんたくさん見てきたし、それも一つのあり方だなと思います。しかし、常に新しいもの好きで、現場が好きな人、楽しそうに働いている人がやはりどんな時代も常に最強でしたね。

マヌカの白い花

◎どくだみちゃん

小さな祈り

ねえ、どうしてあのタクシーの運転手さん、おばあちゃんが小走りで寄っていって後ろの窓をノックしてるのに無視して行っちゃったんだろ？

絶対聞こえてたと思うよ。

交差点だから？

でもさあ、交差点で急に発進して置き去りにされたら気の毒じゃん。

しかもあぶないよね。

おばあちゃん、ぽかんとしてた。

おばあちゃん、帰って家族に会うまでずっとちょっとしょげちゃうね。

あの若い運転手さんは、少し心にそういうの引っかかったりしないのかなあ？

夜寝るとき、ちょっと嫌なとげみたいなのは心に残ってたりしないのかなあ？

きっと魂の中のどこかに、そういうのって溜まっていくんじゃないかなあ。

そういうのが溜まっていっちゃって、どこかで一斉に思い知ることになるような気がする感じを、昔の人はえんま大王とかにたとえたのかな？

おばあちゃんが、次に乗ったタクシーの運転手さんがいい人でありますように。

おばあちゃんの行く先に、いい人がいて優しい言葉をかけてくれますように。

道の反対側にいた私は、走っていって「大丈夫でしたか？」「お手伝いしましょうか？」

と言えなかったので、せめてそれを祈った。

大金持ちになれますようにとか、ものすごいイケメンとつきあえますようにとか、そういうのはいくら祈っても叶う気がしないんだけれど、これは叶うような気がする。なんだかわからないけれど自信がある。

きっとそうなってる。そう思う。

◎ふしばな
経営者たち

前に面白い運転手さんの運転するタクシーに乗ったことがある。

彼は六十代で現役の不動産会社社長。

不動産業と言っても、個人に貸す方ではなく、ビルや大きな土地を買って会社に売るというタイプのほうだ。

従業員の中にはすでに六十、七十代の長い人たちが多く、ベテランを養うのがたいへんだけれど、そのかみさんたちにも「社長、辞めさせるとうちの亭主はボケるから」と言われるので雇用し続けている。ふだんはなんと俺にも運転手がついてるんだよ。

ではなんでこうして個人タクシーの運転手をやっているかというと、この仕事がいちばん東京の土地を見ることができるから。今どこに流れがあって、どこに人が集まって、どこはダメでというのが自分で運転していると一目瞭然にわかる。そしていろいろな人からその土地の状況をタダで聞くことができる。それが面白くてね。だから今まで成功してきたんだ。

「平日に自分で運転して視察するのではだめなんですか？」

私は聞いてみた。

すると、彼は言った。

なんか違うんだよ、こうして立場を隠して情報を集めているスリルが楽しいのと、俺にとってはタクシーの運転手という立場から見た街のようすがいちばん的確なんだ。社長として運転手の運転で次はどのビルを買おうかなと思っているときには、決して見えないものがたくさん見えてくるんだ。今はこの街になにかが集中していると思ったら、その街ばかり走っていると、どんどん情報が集まってくる。車の流れも人の流れもどんなリサーチ会社に頼むよりもよく見えるから。

きっとこの会社、いい会社なんだろうなあと私は思った。お話の様子だとおじいちゃんたちと若い人がいっしょに働いているんだろうし。

こういう人の話を聞くと、そりゃあ日々あまり働く気がないお年寄りたちを養っていったり、自分の読みが外れて大失敗したり、いろいろなことが冒険すぎて会社の経営が楽しいのだろうと思った。

もうひとつ、どうでもいいけど忘れられないこと。

ホテルオ〜……のあの豪華なロビーで、私はソファに座って運転手バイトのお兄さんを待っていた。渋滞しているからまだ少しかかると連絡があり、やることが特にないので、iPhoneを見ながら事務所に連絡をしたりしていた。

私の真後ろに背中合わせみたいな感じで座っていたお金持ちそうなとても上品なスーツ

とステッキのおじいさんが、ロビーだというのに堂々と電話をしていた。いつもこのホテルにいそうな感じの雰囲気だったので、自然すぎて全然内容も気にならなかった。というのもおじいさんはほとんどうなずいているだけだったからだ。

そして最後の最後に、おじいさんは突然ものすごい大きな声で怒鳴った。

「おまえは、また女なのか！　いつまでそうなんだ！」

後継者である息子さんがしょうもないのですね、女性の問題でトラブルばっかり起こしているのですね、心中お察しいたします、とその場にいた全員が思いました。

近所の生け垣がイキイキ！

目の前にあるものだけが存在する

◎今日のひとこと

　ある朝、父の夢を見てふっと思いました。

「今、お父さんの夢を見た。そして今実家に帰ってみてももう父には会えない。なぜなら父はもう死んだからだ。しかし、あの頃、実家でかろうじて父が生きていた頃もほとんど同じではないか？　なぜなら、ここで今私が彼を思い描いているのも、あの頃私が実家にいる父を思い描いていたときも、実際にその瞬間に会っていないことは変わらない。心の中に父がいることも変わらない。唯一違うのは、父の肉体が目の前にあり、今の父が今考えを発しているのに接しているかどうかだけ

京都の新しくできた平安神宮や「TSUTAYA」あたり

だ」と。

ある夕方、帰路につきながら思いました。

「家に帰ったらまだ愛犬は生きているだろう。会えるだろう。温かい体に触ることができるだろう。相手の目に自分が映るだろう。でもそんなすてきなことはもう長く続かない。自分はなんてすごい幸せの中にずっといたんだろう、それを何十年も平凡なことだと思っていたなんて。しかし、今私が愛犬を思い描くのと、愛犬が死んでから愛犬を思い出すのと、なんの違いがあるだろう。愛犬は心の中で同じベッドでいつだって寝ているだろう。違うのは温かかったり、今現在目の前にいて相手の目の中に自分が映っているかどうか、それだけの違いだ」と。

検見川の有名なインド料理屋さんのご家族のおうちに寄らせてもらいました。

お父さん、お母さん。娘がふたり。

お姉ちゃんは美人でしっかりもの、妹はキュートでちゃっかり。

リビングに集まって、お父さんのお客さんとしゃべる。みんなでお父さんにいろいろ突っ込んで、笑いが絶えない。

あれ？　ついこの間まで、私にもこれと全く同じ実家があったんだけれどな。

どこに行っちゃったんだろう？

もうこの世にないや。

でも、心の中には今もあのリビングがあるのです。全くなくなっていない。今でもふっとたずねていけそうなのです。

つまり「目の前にいる」ということだけが、

もうほんとうに！　ものすごいことなのです。

それはもう、自分以外の人に自分が出会う唯一の窓、そして瞬間なのです。自分以外の人がこの世に存在する意義はその瞬間しかないのです。

今目の前にいる人やもの以外は全て心の中のその人だから、実際は存在しないと思っても過言ではないくらいです。

実はスマホなんて見てる場合ではないし、他の人について思いを巡らせているひまもほんとうはないのです。

思いの中のその人っていうのは、死んだその人と、ある意味大差ないのですから。

私たち、現代社会ではひとりで死と向き合うことも少ないし、常にバーチャルでだれとでも連絡取れるし、もう「今この瞬間」「目の前にいる」ということのすごさ、その強いインパクトに耐えられないのかもしれないですね。

考えないようにして流してしまってその重みをごまかしているのかもしれません。

◎どくだみちゃん

本がいてくれる

その病院は、事故で脳に損傷を負った若い人だけが入るリハビリの病院だった。

病室に来ている親御さんたちは私と息子のことをまるで宝物みたいに、この世でいちばん美しいものを見るみたいな優しい目で見つめた。

ねたみではなく、うらやましいとかでもなかった。

大切にしなさいよ、今の時間を。

ありがたく過ごしてね、今の幸せな日々を。

けんかしたり、憎しみ合うときだってあるでしょう。でも、そういうことができるっていうのはとってもすばらしいことなんだよ。

そんな感じだった。

彼らはそんなふうに、遠くの美しい海を見るみたいな目で、タイムマシンで昔に戻ってあの頃の自分を見るみたいな目で、私たちを見た。

彼らから永遠に失われたものを、私たちはふんだんに持っていた。

分けてあげられない形で。

そして「あんたたちもこっちに来い」と彼らは決して思っていなかった。

どうかそのまま、幸せでいてくださいね、そう思っていた。

その優しいまなざしでみんなわかった。

待合室で交わされる会話はとても悲しいものばかりだった。

虫の知らせで帰りたくないって言ったのに、救急病院だから帰らされてね、息子の様子がおかしいって何回も言ったんだけれどね、ちゃんと機械が見ていてくれるって言われてねえ。

でもやっぱり心停止しちゃったんですよ、夜中に。二回も。

それで脳に酸素が行かなくって、事故とダブルパンチですよ。

怒れるものなら怒りたいけれど、訴えてもあの子が元気になるわけじゃないものねえ。

淡々とした声が響いた。

わかってる、私が今幸せだっていうことはわかってる。

言葉につくせないくらいわかっています。

だからどうか、そんな切ない目で私たちを見ないで。


いたたまれなくて、そう思った。

そして手元にあった「騎士団長殺し」をがむしゃらに読んだ。

そうしたら私は急に仲間のような人たちに寄り添ってもらえ、小田原にひゅんとつれていってもらえた。

体ごと、主人公（たいへんそうではあったが）の生きる力に引っぱってもらえた。

これは私の人生だ。私は何も悪くない、申し訳なく思う必要はない。


そして願わくばこの病院にいる若者たちに、彼らを愛してやまないご家族に、少しでも幸せなことがありますように。そう願うところまでいけた。本から言い知れない強い力が伝わってきて、私を落ち着かせ、顔を上げさせてくれた。


「ここには世間のつらさや貧しさなんて出てこない、主人公は金銭にめぐまれていて、いつも女性と知り合ってはセックスしたりしている、いい気なもんだ」

そういう感想をどこかで読んだけれど、それは書評でさえない。そういう人に限って、ハリーポッターとかふつうに読んでる。絵空事じゃないか、魔術の才能に溢れていないと行けない学校ではないか、いい気なもんだ、とは思わないようなのだ。

私はあの居心地の悪いソファーの上で、横に息子の温もりを感じながら、話しかければそっけなくうなずいてくれることを泣きたいほど神様に感謝しながら、村上春樹さんに小田原の山の中の静かで内省的な瞑想の世界に連れていってもらったこと、彼の世界で心悩ませ、怯え、それでも自分の信ずるところに従って日々を生きようとしたことを一生感謝と共に思い出すだろう。

それが物語の力だ。本の力だ。

現実を忘れ、のめりこみ、持っていかれ、なにかが少し楽になる。逃避ではない、友だちに会いに行くように、そこに旅をする。

私は小説の力を深く感じ、村上春樹さんと同じ仕事のはじっこ（はじっこだけど）にいることを光栄に思った。

この仕事につけて、ほんとうによかった。

こんなときに人を救ってくれるなんて、本はやはり地獄の底までついてきてくれる友だちなのだ。

同じく京都「TSUTAYA」「ロームシアター」ふきんの景色

◎ふしばな

今を生きる女　まゆみ

外村まゆみさん[*34]は京都に住むモザイクの専門家だが、絵も描くしコラージュも作るし、版画も刷る。

その作品は常に大胆で、一見雑なのだが部屋に飾っているとじわじわとパワーが伝わってくる。

彼女は全身アーティストで、私が知っている数々のアーティストの中で最も計算ができない人だ。良家の子女であることも、全く利用しようとしない。

どんな車でもいきなり運転できるし、大工仕事もできる。

エピソードは多々あるけれど、どれもすごすぎてあまり書けないくらいワイルドだ。なにせ初めて出会ったとき、ホテルの庭から二階の私の部屋にロミオとジュリエットか！　という勢いでひょいと上がってきた人だから……。

「ね〜、まゆみちゃん、京都にいいＡｉｒｂ＆ｂない？　……っていうか、そもそもそういう宿泊施設に泊まったことある？　世界のどこかで」

軽〜い気持ちで私は聞いた。

まゆみさんの運転で京都駅に送ってもらう途中のことで、あと数分で別れる、そんな車の中。彼女の愛犬は私の膝の上に乗って窓の外を見ていた。温かくて眠くなりそうだった。

「あるよ〜、この間、アリゾナで変わったところに泊まった。なんていうんだっけ、あれ、ネイティブアメリカンの家」

「ティピ？」

「ううん、なんか違う名前だった、あとで写真送るね。けっこう一か八かだったんだけど、すごくよかった」

その話を聞いていたら、目が覚めた。

そして後から送られてきた写真がこれ（次頁の上の写真）である！

こんなすごいところのこと聞いてないから！　もっと普通の世間話だったから！

別れ際にこんなことをくりだしてくるなんてさすがだと思った。

ちなみにこの宿（ティピはテントだが、土でできたこの家はホーガンという。中は広く四人も泊まれると書いてあった）、独身ひとりぐらしのおじさんが経営していて、シャワーとトイレはおじさんがいる母屋にいちいち借りに行くらしい。

「景色はすばらしかったし、変わったところに泊まれて最高だったよ！　アリゾナに行くときはぜひ！」

という言葉が写真に添えてあったが、絶対ムリ！！！！！

そしてそのワイルドさを尊敬します！

まゆみとホーガン！

まゆみちゃんと恵文社の舞ちゃんの展覧会にて

注釈

＊1　有名な居酒屋さん（P23）　滝乃家　住所 東京都渋谷区神山町4-19　電話番号03-3468-7844

＊2　OMIYAMA（P24）　住所 東京都渋谷区神山町17-1 第二渡辺ビル4階B　電話番号03-6804-9434　2019年12月に閉店

＊3　SPBS（P24）　住所 東京都渋谷区神山町17-3 テラス神山1階　電話番号03-5465-0588

＊4　茶春（P29）　台湾料理店　住所 東京都大田区田園調布2-34-1 1階　電話番号03-3721-1240

＊5　スヌーピーの美術館（P42）　スヌーピーミュージアム　※2019年12月六本木から移転　住所 東京都町田市鶴間3-1-1　電話番号042-812-2723

＊6　タロットの宇宙（P71）　カルト映画界の鬼才による、半世紀にわたるタロット研究の集大成　2016年

＊7　サルビアの花（P84）　アルバム「かっこいいことはなんてかっこ悪いんだろう」の中の一曲　1969年　URC

＊8　小林健先生（P98）　ニューヨークでホリスティック・ヒーリングを行っているマスターヒーラー　https://ameblo.jp/drkenkobayashi/

＊9　垂見健吾さん（P125）　南方写真師　http://blog.livedoor.jp/tarukenblog/

＊10　ゆかちゃんの作品（Ｐ１２８）　バッグやアクセサリーなどを中心にデザイン・制作をしている桜井由佳さん　https://woolcubewool.com/

＊11　映画の新作（Ｐ１４１）「エンドレス・ポエトリー」　監督・脚本：アレハンドロ・ホドロフスキー　出演：アダン・ホドロフスキー　パメラ・フローレス　ブロンティス・ホドロフスキー　配給：アップリンク

＊12　助演男優賞（Ｐ１４２）　大注目の1ＭＣ1ＤＪユニットのＣｒｅｅｐｙ　Ｎｕｔｓ（クリーピーナッツ）の2枚目のミニアルバム　２０１７年2月発売

＊13　Ｒ-指定（Ｐ１４２）　大阪府出身。ＵＬＴＩＭＡＴＥ　ＭＣ　ＢＡＴＴＬＥ大阪予選では5年連続優勝（２０１０〜２０１４年）を果たし、本戦では大会初となる3年連続ＧＲＡＮＤ　ＣＨＡＭＰＩＯＮ（２０１２〜２０１４年）を達成するなど、日本最強のフリースタイルラッパー

＊14　ＤＯＴＡＭＡ（Ｐ１４２）　栃木県出身。力強い声、激しいステージ、練られた歌詞で、独自のラップミュージックを表現する。辛辣ながらユーモアのあるバトルを演出し、高いインパクトを残す

＊15　野崎りこん（Ｐ１４２）　兵庫県出身。小学生の頃に叔父が作ってくれたドライブ用のカセットがきっかけで音楽に興味を持ち、２００２年にキングギドラを聴いたことでヒップホップにハマる。２０１７年6月7日に１stアルバム「野崎爆発」を術ノ穴よりリリース

＊16　アナーキー（Ｐ１４２）　京都府出身。父子家庭で育ち、荒れた少年時代を経て逆境に打ち勝つ精神を培い、ラッパーとしての活動を開始。２０１４年メジャーデビュー

＊17　Qちゃん（P154）　藤子不二雄（藤子不二雄Ⓐ氏、藤子・F・不二雄氏）とスタジオ・ゼロにより「週刊少年サンデー」（小学館）誌上で1964年にスタートした人気ギャグ漫画『オバケのQ太郎』の主人公

＊18　あぶさん（P154）　水島新司氏による野球漫画『あぶさん』の主人公　1973年から2014年4号まで「ビッグコミックオリジナル」（小学館）にて連載された

＊19　ラ・プラーヤ（P173）　スペイン料理店　住所 東京都渋谷区渋谷2-14-4 渋谷m1mビルB1階　電話番号 03-5469-9505

＊20　チネイザンの大内さん（P178）　大内雅弘さん　TaoZen Japan代表、ユニバーサル・ヒーリング・タオ・ジャパン代表。1980年より30年以上ニューヨークに居住の後、拠点を東京、パリ、タイに移し、瞑想、気功、太極拳、呼吸法、チネイザン（氣内臓：内臓への気功セラピー）を独自に体系立てたTaoZenメソッドを提唱。人種、宗教、年代、文化を超えた支持者を集めている　http://taozen.jp/

＊21　内山多加子さん（P179）　ヘアメイクアップ・アーティスト　http://www.commune-ltd.com/hair/uchiyama/

＊22　市川土筆さん（P179）　ヘアメイクアップ・アーティスト

＊23　れんげ（P185）　75年以上の歴史を持つ美肌化粧水の元祖　香料、着色料無添加、さわやかな香りと色は天然レモン果汁由来

＊24　タムくんのPV（P198）　タムくんはウィスット・ポンニミットさん　バンコク出身の漫画家　YouTube　https://www.youtube.com/watch?v=bRVxuiTAuGQ&feature=youtu.be

＊25　勝井祐二さん（P198）　北海道出身。エレキ・ヴァイオリニスト。インディーズレーベル「まぼろしの世界」主宰

＊26　ハシヤ（P207）　代々木八幡のスパゲティ店　2018年4月に閉店　新店舗住所　東京都新宿区西新宿1‐26‐2　新宿野村ビルB2F　電話番号03‐3346‐2371

＊27　小沢健二くん（P208）　シンガーソングライター　http://hihumiyo.net/

＊28　プリミ恥部さん（P210）　白井剛史さん　宇宙マッサージをして、宇宙LOVEな歌をうたう

＊29　対談（P210）　プリミ恥部の宇宙おしゃべりVol・15　吉本ばなな篇　https://www.hmv.co.jp/news/article/1604190019/

＊30　夫のロルフィング（P211）　田畑浩良さん　1998年米国Rolf Institute®からロルファー™として認定、以降Rolfing®の個人セッションとワークショップを提供している　https://www.rolfinger.com/

＊31　フラワー・オブ・ライフ（P212）　ドランヴァロ・メルキゼデク著　私たち自身が本当は何なのかを思い出し、新たな意識と、新人類の到来の可能性の扉を開くスピリチュアル・バイブル　2001年　ナチュラルスピリット刊

＊32　初めに出版した本（P213）　『樹ぴター』　白井剛史著　2007年　文芸社刊

＊33　浜野さおりん先生（P223）　浜野さおりさん　鍼灸師・量子波ヒーラー　ニューヨーク在住の自然療法医＆マスターヒーラー・小林健先生の弟子　「本草鍼灸院」主宰

＊34　外村まゆみさん（P261）　アーティスト　「マルモザイコ」主宰　https://www.marmosaico.com/

吉本ばなな「どくだみちゃんとふしばな」購読方法

①noteの会員登録を行う（https://note.com/signup）

②登録したメールアドレス宛に送付される、確認URLにアクセスする

『登録のご案内（メールアドレスの確認）』という件名で、
ご登録いただいたメールアドレスにメールが送られます。

③吉本ばななのnoteを開く

こちらの画像をスマートフォンのQRコードリーダーで読み取るか
「どくだみちゃんとふしばな　note」で検索してご覧ください。

④メニューの「マガジン」から、「どくだみちゃんとふしばな」を選択

⑤「購読申し込み」ボタンを押す

⑥お支払い方法を選択して、購読を開始する

⑦手続き完了となり、記事の閲覧が可能になります

この作品は「ｎｏｔｅ」に二〇一六年十一月十一日から
二〇一七年四月七日まで掲載されたものに加筆・修正をし、
二〇一七年十二月小社より刊行されたものです。

幻冬舎文庫

●最新刊
すべての始まり
どくだみちゃんとふしばな1
吉本ばなな

同窓会で確信する自分のルーツ、毎夏通う海のヒーリング効果、父の切なくて良いうそ。著者が自分の人生を実験台に、日常を観察してわかったこと。人生を自由に、笑って生き抜くヒントが満載。

●好評既刊
下北沢について
吉本ばなな

自由に夢を見られる雰囲気が残った街、下北沢に惹かれ家族で越してきた。本屋と小冊子を作り、玩具屋で息子のフィギュアを真剣に選び、カレー屋で元気を補充。寂しい心に効く19の癒しの随筆。

●好評既刊
すぐそこのたからもの
よしもとばなな

家事に育児、執筆、五匹の動物の世話でてんてこ舞いの日々。シッターさんに愛を告白したり、深夜に曲をプレゼントしてくれたりする愛息とのかけがえのない蜜月を凝縮した育児エッセイ。

●好評既刊
サーカスナイト
よしもとばなな

バリで精霊の存在を感じながら育ち、物の記憶を読み取る能力を持つさやかのもとに、ある日奇妙な手紙が届き、悲惨な記憶がよみがえる……。自然の力とバリの魅力に満ちた心あたたまる物語。

●好評既刊
花のベッドでひるねして
よしもとばなな

捨て子の幹は、血の繋がらない家族に愛されて育った。祖父が残したB&Bで働きながら幸せに過ごしていたが、不穏な出来事が次々と出来し……。神聖な村で起きた小さな奇跡を描く傑作長編。

忘《わす》れたふり

どくだみちゃんとふしばな2

吉《よし》本《もと》ばなな

令和2年4月10日　初版発行

発行人――石原正康
編集人――高部真人
発行所――株式会社幻冬舎
〒151-0051東京都渋谷区千駄ヶ谷4-9-7
電話　03(5411)6222(営業)
03(5411)6211(編集)
振替00120-8-767643
印刷・製本―中央精版印刷株式会社
装丁者――高橋雅之

幻冬舎文庫

ISBN978-4-344-42980-2　C0195　よ-2-31

幻冬舎ホームページアドレス　https://www.gentosha.co.jp/
この本に関するご意見・ご感想をメールでお寄せいただく場合は、
comment@gentosha.co.jpまで。